# 古代诗词传统吟诵选编

编著　叶永锡
吟诵

西泠印社 出版社

# 前　言

## 一

在古代，人们阅读诗词文赋都是用当地方言乡音抑扬顿挫、琅琅有声地吟诵，兴致来时甚至摇头晃脑、自我陶醉呢。这就是今天说的传统方式的吟诵。这种吟诵方式延续了几千来年，一直未曾断绝湮灭。因为小孩子不论在蒙馆求学与否，都要受吟诵的训练，换句话说，他们对古诗文的吟诵活动是一代一代口耳相传下来的。古代人们之所以重视这种文化教育，是因为吟诵这种方式对于中华优秀文化的传承起着十分重要的关联作用。无论成人还是小孩，都会把吟诵视为学习与赏析古典文学作品的必要手段，通过吟诵不仅学到知识，而且吟诵本身就是一种审美活动，是吟诵者与诗人情感交融的活动，从而获得美的享受与乐趣，进一步说更是美的再创造活动。就此而言，吟诵自当有助于怡情养性，培养高雅气质，增进身心健康。再说，吟诵更可以帮助记忆古代诗词。因为这种活动是自主性、创造性的认知活动，多吟诵几遍以至能背诵到滚瓜烂熟的地步，就容易进入诗词的意境，对于小孩来说，这正是一种快乐教育，过了多少年也不会忘记的。

所谓吟诵，其实就是两种方式的统称，一是吟唱，二是诵读，两者之间也是不同的。大凡诗词民歌，因其押韵，最适宜于吟唱；而那些不押韵的散文或者韵散结合的骈文赋体，加之篇幅较长，吟诵起来其节奏不能像诗那样拖长而应该紧凑些，故适于诵读。记得小时候父亲一度失业在家赋闲时，曾为亲戚子女讲授经典古文，我在旁聆听他那种抑扬顿挫、琅琅上口的诵读之声，同样引起好奇与兴趣。1957年我准备高考时，就高中课本的古文请教父亲，他诵读一句，讲解一遍，这也使我略知怎样诵读。不过，我在这里要谈的只是诗词的吟唱。

《毛诗序》说："在心为志，发言为诗，情动于中而形于言，言之不足故嗟叹之，嗟叹不足故永（咏）歌之，永歌之不足，不知手之舞之，足之蹈之也。"这些话说的是诗歌的本质乃是表达情意的，而且诗歌舞三者同源。照清人王念孙的解释，嗟叹就是吟诵，与唱歌没有严格的区别。这里指的是古代的歌唱而不是现代的声乐。我们知道，上古的《诗经》是配乐可唱的，汉代乐府、唐宋许多词及元曲也是配乐歌唱的，只是古代的乐谱失传，我们不知道古人怎样唱法。此外，历代也有许多诗词并不配乐，如汉赋不配乐而不可唱，文人乐府、唐诗也不配乐，后来许多宋词也渐渐与音乐分离，成为不可唱的了。再说，汉语的语音天然具有音乐美，所以古代诗人作诗就十分讲究诗词的音韵美与节奏美。尤其到了南北朝时期，人们发现汉语字音有四声即"平、上、去、入"声，而现代汉语语音系统没有入声字（南方一些地区仍保留一些入声字），四声也就变为"阴平、阳平、上声、去声"了，这样一来，汉语的音乐美也就以平仄声的形式及其组合变化而固化为程式了。由此就有唐代律诗绝句以及唐宋词的诞生。

诗歌是有节奏的。在我看来，诗歌的节奏有两种：一种是语言节奏，即语言音节的安排，吟诵起来便有断续、疾徐等的变化，加上字声有抑扬顿挫的效果，便构成了动听的节奏感。最典型的是唐诗的节律，它有五言节律与七言节律，还有排律等。五言节律的基本形式是"二二一"三个音节，吟诵时其间或疾停、或延长，各有变化，七言则增加一个音节。至于唐宋词，句式很多，有一言、二言直至十几言的。凡一、二言的为一个音节，三、四言的为两个音节，五、六言的为三个音节，七言为四个音节，而八、九言实则是三五言或四五言紧凑而成的，为五个音节，至于十多言的长句，实际上是由两个短句合为一句的，吟诵时，句中可以适当短暂停顿，但不可断气。

诗歌的另一种节奏便是诗人的情感节奏。不仅诗人，而且优秀吟诵者的情感也是有节奏的，比如激动时，引吭高歌，大气磅礴，而心情平静时，则语速、音调犹如行云流水。正因为诗是抒发情感的，这情感自然就渗透到字里行间，而表露在声情变化之中。所以，吟诵时务必领会诗人的情感，尤其注意其中语气语调，妥帖安排其轻重高低、长顿短顿等等，当然，必要时也可以改变诗句的自然音节以求突出效果。如李商隐七律《无题》诗，开头"相见时难"两个自然音节可并做一个音节处理，并加上拖腔，以加重表示诗人的心情。吟诵者要显现诗人情感节奏时，要注意吟诵的气势，即按照内容上一个层次而一口气吟下去，尽管各句之间仍有停顿或拖腔，但不断气，直到一个层次吟完再换气，这也是情感节奏的特殊处理。例如陆游《关山月》诗的开头"和戎诏下十五年，将军不战空临边。朱门沉沉按歌舞，厩马肥死弓断弦"四句，如能一口气急促地吟下去，即可把诗人的愤慨心情确切地表露出来了。

语言节奏与情感节奏在诗里，有时是统一结合的，有时可能相反，这就要吟诵者掌握好，才能做到变化自如，从而把自己对诗歌的体会通过吟诵而完美地表达出来。

除了节奏外，还有一个腔调问题。吟诵的腔调不仅没有统一，南腔北调各显千秋，而且长期以来也会发展变化的。事实上各地的腔调也会受到宗教音乐、民间音乐、历史上引进的西域胡乐、以及后来兴起的地方戏曲（唱腔）等等的影响，从而吸收而改革创新的。但不能像今天唱歌那样谱成一个曲子照着唱，而只要接近人的自然声音，接近字音即四声便可，此其一。其二，我国地域广大，历史上交通不便，自然形成各地的方言众多，像我的家乡浙江温州地区平阳县（在苍南县划出去之前），就有5种方言。尽管建国以来，政府部门努力推广普通话，并取得显著成绩，但方言依旧存在于民间，且不可灭失。对此，在诗词吟诵上要允许各地用方言吟诵。这是一方面，另一方面我也主张，应当按照各地历史上形成的吟诵腔调，并提倡改用普通话进行吟诵。这实际上是历经几千年的传统吟诵方式在历史发展中的改革创新。这两方面之间其实是矛盾不大的，不必相互排斥。

今天，对于有兴趣学习而接触吟诵活动不多的年轻人，尤其中小学生来说，学习吟诵并不很难，但要有信心与毅力。当然，也要有人指导，多听现有专家吟唱的录音，并潜心揣摩，假以时日，定能学会。正如古人所说，"熟读唐诗三百首，不会作诗也会吟"。功夫肯定不负有心人的。其实，尽管各地乃至各人、各种古典文学体裁不尽相同，但其吟诵的方法与规则基本上是一样的，或者说其间是相通的。既然如此，就可以先学习一种易记易学的声腔，反复练习，牢牢记住并找到窍门关键，随时改进，直到熟练掌握，然后再求拓宽，做到融会贯通。这也是我多年来潜心学习的经验体会。

# 二

以下就主要几种诗词分别简介其吟诵方法。

## 1.《诗经》的吟诵

《诗经》大部分是春秋（西周）时期的作品，有"风·雅·颂"三个部分计305篇，其主体是"国风"，即该时期许多诸侯国的民歌，其余两部分主要是贵族文人所作。这些诗歌经当地政府管理音乐的机构（乐府）收集后，据传经孔子择选、删改而定，所谓"孔子删诗"其言便是，这自然渗透了儒家"诗教"的精神而成为儒家经典，以致各地将"诵诗"列为少年儿童都要接受学习训练的首项。这样，与此相应的《诗经》乐曲也就变成典雅、庄重、简慢的格式了。

再说，在上古时期，彼时音乐本就是简慢的，尤其句式大多为四言一贯到底，其韵律难以变化，使得多段内容的韵律常常是反复吟唱的。

凡句式四言的，由两个音节组成，并有一个重音字；五言则由一、二、二或二、二、一组为三个音节，而多段的诗，其韵律常常反复乃至重复，如本书所选的《蒹葭》一诗，其第二、三段韵律便与首段重复。

从语言上看，双声叠韵是《诗经》作为四言诗的显著特色。双声就是指两个字的声母相同，例如《关雎》"参（cēn）差（cī）"一词，两字的声母均为"c"便是；叠韵则是指两字的韵母相同，如"窈窕（yǎo tiǎo）"一词，两字的韵母相同，均为"ǎo"。此外，迭字即"重言"在《诗经》里也是随处可见的，如《桃夭》一诗就有"夭夭、灼灼、蓁蓁"等3个，《蒹葭》里也有"苍苍、萋萋、采采"3个重叠词。

在一句四字的诗歌里或有双声、或有叠韵、或有迭字，吟唱起来也就动听得多了。

就《诗经》的声调来看，大多数作品的旋律是在中、低音区运行，音阶上一般不会忽高忽低、飘忽不定。其节奏一般亦比较缓慢，多数句尾尤其一段结束，常有拖音。

吟诵时，只要抓住上述特点，吟诵者就能慢慢学会。

2、楚辞的吟诵

楚辞是流行于战国时期荆楚大地的民歌，比之诗经普遍的四言体，楚辞的语言形式演变为五、六言，加上"兮"这个语助词，可以说是七言诗了。在上古时代，这完全是一种崭新的诗体，每一句从五、六言到七言甚至八、九言，时长时短，这就肯定给内容的表达带来较大的自由度，加上风格亦不同于诗经，其视角主观，其情感浪漫，其节奏与音调也肯定会变化多端，这是吟诵楚辞要注意的第一点。第二，在音律上，楚辞没有平仄，押韵也很灵活自由，一般为两句押一韵，然后转韵。这对于情感的表达同样显得自由与丰富，因而吟诵时语调要舒缓徐转。第三，在节奏停顿上，由于楚辞基本上是七言句式（包括"兮"字），加上长短参差不齐，因而不必扣在语言的自然音节上，而可以按句子结构划分长音节，这样吟诵起来，节奏就显得灵活自由。楚辞句子结构上有个"兮"字，这是语助词，或在句中，或在句末，乃是楚辞的独特句式。关于"兮"字的读音，我记得1956年人教社出版高中《文学》课本第一册（那一年开始分《文学》《汉语》两门课），其中对《楚辞·涉江》中的"兮"字的读音，注释为"Xī"，也可以读"Yī"两种。其实两者都是"啊"的意思，我小学时候就读"Yī"，直到今天习惯如此，况且我也多次听到过其他人亦这样念。不过我主张其声调要随各个句子的不同语气而不限定读哪一种。平日，我读长诗《离骚》时，其"兮"字的两个读音有时就是这样交互着念的，且换用自如。因我是南方人，读"Yī"音的居多。至于节奏处理上，"兮"字在句中时一般不拖长，而在句末时则适可拖长；但凡不带"兮"字的句子，其句末一般不拖长，而仅作短暂停顿。此外，鉴于古代吟诵楚辞时其楚音与今天荆楚大地一带的语音已大不相同，故不一定仍用今天当地的楚音去吟诵，可改用现代汉语语音，而以传统方法去吟诵。第四，关于"乱曰"及其吟诵。"乱曰"是全篇结语部分，按照东汉王逸的解释："乱，理也"，用今天的话说是总理全篇主旨的意思，起归结全诗的作用。这个结语部分基本上取四言句式。尽管与正文句式不同，节奏上却不能与正文松懈脱节，故吟诵至此更要一鼓作气，比正文吟得紧凑促节一些。

### 3、古体诗（五七言古诗）的吟诵

这里主要指流行于汉魏时代的文人五七言诗，南朝梁昭明太子萧统汇编《文选》时，将它们统称为"古诗"，以《古诗十九首》为代表，其"文温以丽，意悲而远"（《诗品》）。叶嘉莹先生说，"它不但把我们人类共有的感情写出来了"，而且所用手法"或寓言，或显言，反复低徊，抑扬不尽"，是诗经国风、楚辞离骚以及乐府民歌风气的延续（见叶嘉莹《古典诗歌吟诵九讲》063页），而后隋唐五七言古体诗全面沿袭了古诗的懿范。

古体诗不讲究平仄、对偶，其节奏以两字一顿为主，句式时见长短不一，且散文化，加上篇幅较长而难一韵到底，必然要换韵，但押韵宽，乃至平仄声韵也可通押；再说表现手法上常常与叙事之中夹杂感叹成分，因此，在掌控节奏时，要按情感节奏为主来吟诵，仔细体味诗人的感叹情绪，从而把全诗的气势尽可能确切地显示出来。

这里顺便说一说乐府诗的吟诵。乐府诗是特指汉代的民歌，其诗句与音乐（尽管音乐已失传）都直接来自各地民间的口头文学与音乐，这就决定其自由、灵活、清新、变化，便是它的先天基因。这样，无论其创作或吟唱，都可以根据需要乃至诗人或吟诵者的兴致而采取重复、或变化、或强调的手法；同样，在节奏与韵调上可以不拘一格地处理简繁、疾徐、高低、轻重等手法。这就是说，吟诵者要仔细体味诗的意境而灵活自由地处理如何吟诵的方法。在腔调的选择上，尽可能接近并吸收民间音乐的元素与样式。至于文人乐府的吟诵，原则上亦按上述办法处理，因为它原来就是模仿民间口头文学的。

## 4. 律诗绝句的吟诵

兴盛于唐代的律诗与绝句体是我国古代诗词中格律最为严整的诗体，因而充分显示出汉语诗歌的音乐美，婉转动听、余音绕梁。这样一来也就易学易吟了，只要掌握它的音节停顿与平仄音调，就抓住关键了。而且，初学者只要记住五、七言律诗平仄排列的两个格式就可以了，其他格式都是其演变出来的。至于五、七言绝句，不过是前半首律诗罢了。所以，这里只谈律诗的吟诵，读者可以举一反三到绝句。再者，由于格律严整，律诗绝句的吟诵当以语言节奏为主，但也要顾及诗人的情感节奏，尽可能做到两者统一。

以七言律诗为例，其一是语言音节的划分。每句有四个音节，每个音节之间停顿有短、有长，如：XX/XX//XX/X。停顿短"|"时不能

拖音,而停顿长"‖"时可以拖长音并换气。这只是一般规则,但有时为顾及情感,其节奏亦可调整改变,如李商隐《无题》:"相见时难‖别亦│难",前四字特地合并为一个音节且为长停顿,目的是突出"难"字。其二是节拍强弱的安排。每个音节为一拍,其力度变化的格式一般依次为:强、弱、次强、弱。其三是平仄四声排列的基本格式如下:

A、平声"○"起头(平起式)

○(△)○│△(○)△‖△○│○

△(○)△│○○‖△△│○

△(○)△│○(△)○│○△│△

○(△)○│△(○)△│△○│○

○(△)○│△(○)△│○○│△

△(○)△│○○‖△△│○

△(○)△│○(△)○│○△│△

○(△)○│△(○)△‖△○│○

B、仄声"△"起头(仄起式)

△(○)△│○○‖△△│○

○(△)○│△(○)△‖△○│○

○(△)○│△(○)△‖○○│△

△(○)△│○○‖△△│○

△(○)△│○(△)○│○△│△

○(△)○│△(○)△‖△○│○

○(△)○│△(○)△‖○○│△

△(○)△│○○‖△△│○

A、例诗：

孤山寺北贾亭西，
水面初平云脚低。
几处早莺争暖树，
谁家新燕啄新泥。
乱花渐欲迷人眼，
浅草才能没马蹄。
最爱湖东行不足，
绿杨阴里白沙堤。

（白居易《钱塘湖春行》）

B、例诗：

风急天高猿啸哀，
渚清沙白鸟飞回。
无边落木萧萧下，
不尽长江滚滚来。
万里悲秋常作客，
百年多病独登台。
艰难苦恨繁霜鬓，
潦倒新停浊酒杯。

（杜甫《登高》）

其实每一句中平仄声字常常可变，这可以说是常态，但变也有定则，前人就说过，"一三五（字）不论（可以突破），二四六（字）分明（不可以突破）",否则叫做"出格",坏了格律的规矩。不过,这只是相对说的,比如,第七字也是要分明的。

平仄格式在律诗绝句中无疑是十分重要的,但我却认为,那是就创作者而言的,无论古人还是今人创作律诗绝句时当要遵守,但对于吟诵者特别是初学吟诵来说,他们所吟诵的是现成已安排好平仄的,哪怕有所变更,但吟诵者只能照本念而不可改动。所以,初学吟诵者只要了解平仄知识即可,而不必深入研究,除非有创作的需要。再一点,平仄是按四声确定的,而现在实际上有两种四声:一是古代四声,即"平上去入";二是现代四声,因普通话无入声字,也就改为"阴平、阳平、上声、去声",而普通话读音是全国规定统一使用的,所以,我就认为,今天吟诵者尤其是中小学生不必回过头去用古代四声吟诵,实际上只要用传统方法吟诵,并保持古诗词的韵味便可以了。

### 5. 词的吟诵

词最初是配乐的,其句式长短组合,十分灵活,而其平仄四声与唐代格律诗尤为接近。然其节奏韵律较之格律诗更为复杂,因而更富于音乐美,只是吟诵更难一些。此处择要提示几点。

（1）要掌握全词句式节奏的变化。词的篇幅有短小的叫"小令",有长的叫"长调"。"小令"一贯到底,不分段；"长调"自然需要分段,一般分上下两段,叫双调,每段称"阕"或"片",少数词篇幅更长而分为三、四段的。段落之间必须停顿,其时值相当为两拍,这是就语言文字上说的,但吟诵时,上片的情调、气势至此仍须保持连贯,似有"蓄势"之感,俗话说不可冷却断链,以便下片顺势接上。

词的语句结构上一个特点,就是常见有领句字。它有一字、二字、三字句，如周邦彦的《兰陵王·柳》："愁一箭风快，半篙波暖，回头迢递便数驿。""愁"字一言领三句。又如黄庭坚《水调歌头》："我欲穿花寻路，直入白云深处，浩气展虹霓。""我欲"两字领三句等等。领句字大多念第四声且念重音、高音并拖长，以引起注意，求得贯彻被领各句，因此被领各句之间不要停顿，一口气到底，而且音调由高逐渐向低滑落。再者，词的句式中常见有顿号句，主要是三字顿，如周邦彦《花犯·咏梅》词上片："更可惜、雪中高士，香篝熏素被。"下片："青苔上、旋看飞坠。相将见、脆圆荐酒，人正在、空江烟浪里。但梦想、一枝潇洒，黄昏斜照水。"一首词中接连地安排五个顿号句，这种句式在周邦彦词中较多见，其用意是特地与下句断开，以示强调，引起注意，因此，顿号句吟诵时须停顿、可吸气，但不念重音与高音，仅用诉说语气，然后用重音吟诵下一句。

词的句式长短不一，且在全首词中随诗人情感节奏起伏变化的需要而组合，除前面提到的一至三字句外，常见为四、五言乃至六、七言句式，其音节均为两三个，或与五七言律绝那样划分节奏单位。至于更长的句子，又无领句字的，则视句意与语气，或在句首划出顿号句，再粗划节奏单位。总之，词的节奏处理上，除领句字与顿号句外，均可参照律诗绝句的节奏处理快慢、轻重、松紧或长短等等。

（2）注意韵律上音高、音长的恰当处理。这个问题涉及诗词的格律，因而原则上参照律绝处理，即韵律上一般为"平长仄短"，音高上"平低仄高"等等。但是，词的视角及表现手法大都是主观的，而且按照词人们的个性、爱好，又会刻意作出相反的安排，变成"平短仄长"或"平高仄低"。例如范仲淹《渔家傲》首句"塞下|秋来|风景|异"。吟唱时，第一、三个仄声音节其音要长，第二、四个平声音节则音短。

又如该词末句"将军｜白发｜征夫｜泪",第一、三个平声音节其音要高,第二、四个仄声音节其音则低。

(3)婉约词与豪放词的吟诵。宋词的基本风格大抵是这两种,而先期词几乎都是抒发缠绵悱恻之情,供歌楼茶馆消遣用的,因此在吟诵方法与风格上应做不同的处理。

婉约词的吟诵,一般要轻柔舒缓,曼声细气,掌握在怨悱有约而不过的程度。也就是说,其音轻时要柔,音重时要短,音高时要曲,音低时要清,这样才能把情感表露得淋漓尽致,把意境刻画得绵远幽深。尤其写离情的词,表面上是冷漠幽怨的气氛,但透其背后要给人一种暖怀的体味才是,所以,在节奏韵律上不可大起大落、大气回肠。

豪放词的吟诵,要声情并茂、高亢激越,多用长音、高音,吐字有力,仄声则短促干脆,不可细声细气、缠绵悱恻。高歌长吟时,也不可拖沓或过多停顿,以免松散乏力。

以上两种风格各有千秋,而且也是相互吸收,以至更加绰约多姿的。比如,婉约词中也有豪放处,如柳永《雨霖铃》结句:"便纵有千种风情,更与何人说?",全词凄恻之情在最后宣泄到极致时,"千"字应高亢拖长至三拍,"更"字则不可拖长却要用重音以示突出。

## 三

前面所谈几种体裁的吟诵方法,只是我长期以来学习吟诵的心得体会,谈不上研究的成果。在此,我愿意谈谈自幼以来学诗的过程以及大学毕业后不断钻研而做到触类旁通的体会。

受父兄的影响,我自小喜欢古诗,常常晃动小脑袋跟着一句一句念唐诗，尽管不太懂。几遍下来，一首短诗也就记住了，有时甚至梦中背诵。可以说，这辈子对古诗的兴趣就是从那个时候开始的。待到读小学高年级时，国文课黄兆乾先生教我们吟诵古诗，并讲解大意，这使我大有长进。我至今不忘的《木兰诗》《将进酒》等名篇，就是黄先生那时候在早自修要我们集体背诵的结果。长大后，工作之余，兴趣来时，也常常吟唱几首唐宋诗。所以说，兴趣是熏陶出来的，而且读懂了，兴趣也才会持久。

至于宋词，那是1957年考上杭州大学中文系才正式接触。起初尽管有兴趣却不会吟诵，直到读大三时，我被选送到新组建的中文系专业班学习，虽然读的是文学理论专业，却有幸旁听夏承焘教授给古典文学专业讲的宋词课。经大家要求，夏先生每每讲完一首便吟诵一遍。记得他时而举头高歌，时而急迫促节，音韵悠长。我听得津津有味，而苦无录音器材，只能强记于心，课后反复默诵。好在我也是温州同乡，容易领略先生的乡音韵味。

毕业后我离开杭州，再也没有机会聆听夏老教诲了。但我对宋词的兴趣不减，不时继续吟诵夏老先生教的词，试着举一反三，久而久之，逐步体悟到，唐诗与宋词尽管体式不同，但从历史发展的角度看，其间的音调、韵律本有承续相通之处。这样，何不以唐诗吟诵为基础，求得融会贯通，将吟诗的声调按宋词的长短句格式加以变化呢？经过不断摸索，终渐入意境，努力做到了以情吟诵，求得传统诗词的韵味。这就是说，古代无论是诗还是词的吟诵，都是带有某种格式但却比较简单的韵律的，这既不同于现代歌曲，又与今天用普通话而不带旋律的朗读相异。

其实，古代的诗大都是可以唱的，有的还有曲谱，可惜失传了。

不过，各地的人们则是采用吟诵的方法，即用当地方言乡音，给诗词赋予一定的节奏乃至简单反复的旋律，唱出醇厚的韵味，而这种吟诵因无曲谱，一直靠一代代人口耳相传而延续下来的。由于时代变迁，岁月更替，今天会用传统方法吟诵的人自然不那么多了。有鉴于此，我也衷心希望各地凡能用传统方法吟诵者，以自己的方式向青少年一代普及，以求优秀的传统吟诵文化不断延续。

# 说明

一、本书选编范围广，时间跨度大，且采集多种体裁之佳作名篇，故按年代先后顺序编排，即自诗经始，依次为楚辞汉魏六朝诗、唐诗、唐五代词、宋词止，唐诗部分则按体裁如古体诗、乐府诗、五七言律诗、五七言绝句等先后编排，以便读者选读。

二、诗句是由若干汉语音节组成的。每个音节之间或停顿、或延长，均用斜线标明。凡单斜线（/）表示短暂停顿或延长，其时值为半拍；双斜线（//）表示时值为1拍，特殊情况则在"吟诵介绍"中说明。再者，一般每一句有一个字要念重音，少数短句念轻声而无重音的也有。凡重音字均在字上方用圆点（·）标识，不过这也是相对而言，如因节奏改变，重音字也可能随之改换，况且每个重音字其音高、音长、音强也可能不一样。

三、本书每一首诗词均有以传统方法吟诵录音，又再用文字作吟诵介绍，这是为了方便读者对照学唱。为此，建议读者先细看诗词原作，再听录音，以获得印象，然后再一遍听、读并举。如要学习吟唱，可照此反复吟练。

四、交稿前又听从建议，选录了三篇古文，亦用传统方式诵读并录音而不是吟唱，但不作文字说明。这是因为考虑到它与诗词吟唱不一样，又是与现今用普通话朗读方式所不同，而如今青少年学生能听到的机会不多,故亦不揣冒昧附录于后。

五、如今古诗文的传统吟诵,都是历来一代代人口耳相传而沿习下来的,各地人们所采用的声律韵调自然各不相同。本书作者所吟诵的韵调仅仅是国内众多韵调之一种,且带有浙江温州之乡音,故仅供读者吟诵时参考。

# 目 录

关雎　《诗经·国风·周南》……… 1
蒹葭　《诗经·国风·秦风》……… 4
涉江　屈原……………………… 6
橘颂　屈原……………………… 11
大风歌　刘邦…………………… 13
秋风辞　刘彻…………………… 14
江南可采莲　汉乐府…………… 16
迢迢牵牛星　《古诗十九首》…… 17
观沧海　曹操…………………… 19
饮酒　陶渊明…………………… 21
渡青草湖　阴铿………………… 23
木兰诗　北朝民歌……………… 25
望岳　杜甫……………………… 29
登幽州台歌　陈子昂…………… 31
梦游天姥吟留别　李白………… 32
白雪歌送武判官归京　岑参…… 37
关山月　李白…………………… 39
古从军行　李颀………………… 41
春江花月夜　张若虚…………… 43
将进酒　李白…………………… 47
望月怀远　张九龄……………… 50
送杜少府之任蜀州　王勃……… 52

春望　杜甫……………………… 54
山居秋暝　王维………………… 56
汉江临眺　王维………………… 58
黄鹤楼　崔颢…………………… 60
登高　杜甫……………………… 62
钱塘湖春行　白居易…………… 64
咸阳城东楼　许浑……………… 66
无题　李商隐…………………… 68
春晓　孟浩然…………………… 70
静夜思　李白…………………… 71
登鹳雀楼　王之涣……………… 72
江雪　柳宗元…………………… 73
九月九日忆山东兄弟　王维…… 74
初春小雨　韩愈………………… 75
芙蓉楼送辛渐　王昌龄………… 76
送孟浩然之广陵　李白………… 77
绝句　杜甫……………………… 78
滁州西涧　韦应物……………… 79
枫桥夜泊　张继………………… 80
乌衣巷　刘禹锡………………… 81
泊秦淮　杜牧…………………… 83
寄扬州韩绰判官　杜牧………… 85

1

| | |
|---|---|
| 夜雨寄北　李商隐…………87 | 醉花阴·薄雾浓云　李清照………139 |
| 渭城曲　王维………………89 | 渔家傲·天接云海　李清照………141 |
| 出塞　王之涣………………91 | 声声慢·寻寻觅觅　李清照………143 |
| 菩萨蛮　李白………………93 | 满江红·怒发冲冠　岳飞…………146 |
| 渔歌子　张志和……………95 | 钗头凤·红酥手　陆游……………149 |
| 忆江南（3首）　白居易……96 | 卜算子·咏梅　陆游………………152 |
| 虞美人·春花秋月　李煜……99 | 水龙吟·登建康赏心亭　辛弃疾…154 |
| 浪淘沙·帘外雨潺潺　李煜…102 | 菩萨蛮·书江西造口壁　辛弃疾…158 |
| 相见欢·无言独上　李煜……104 | 青玉案·元夕　辛弃疾……………160 |
| 渔家傲·塞下秋来　范仲淹…106 | 清平乐·村居　辛弃疾……………163 |
| 浣溪沙·一曲新词　晏殊……109 | 暗香·旧时月色　姜夔……………165 |
| 玉楼春·东城渐觉　宋祁……110 | 风入松·听风听雨　吴文英………168 |
| 采桑子·群芳过后　欧阳修…112 | 念奴娇·驿中言别友人　文天祥…170 |
| 雨霖铃·寒蝉凄切　柳永……114 | |
| 望海潮·东南形胜　柳永……117 | |
| 临江仙·梦后楼台　晏几道…120 | 附录　古文诵读三篇……………174 |
| 江城子·十年生死　苏轼……122 | 五柳先生传　陶渊明……………174 |
| 水调歌头·明月几时　苏轼…124 | 滕王阁序　王勃…………………174 |
| 念奴娇·赤壁怀古　苏轼……126 | 陋室铭　刘禹锡…………………175 |
| 水龙吟·杨花词　苏轼………129 | |
| 水调歌头·瑶草一何　黄庭坚…132 | |
| 鹊桥仙·纤云弄巧　秦观……134 | |
| 兰陵王·柳　周邦彦…………136 | |

# 关雎

## 《诗经·国风·周南》①

关关/雎鸠②，在河/之洲③。窈窕/淑女④，君子/好逑⑤。
参差/荇菜⑥，左右/流之⑦。窈窕/淑女，寤寐/求之。
求之/不得，寤寐/思服⑧。悠哉/悠哉⑨，辗转/反侧⑩。
参差/荇菜，左右/采之⑪。窈窕/淑女，琴瑟/友之⑫。
参差/荇菜，左右/芼之⑬。窈窕/淑女，钟鼓/乐之⑭。

【注释】

①诗经·国风·周南：《诗经》是上古周朝时期各诸侯领地的民间歌曲总汇，由当时政府设置的音乐机构（乐府）从各地采集来（谓之风），经专人（据传是孔子）择选、修饰、整理汇编而成的经典著作，自然赋予儒家的思想特色。这样一来，便留下15个诸侯国的民歌，因反映各地民情风俗特色浓厚，故称"十五国风"。本首诗采自周王室所在地的著名民歌，谓之"周南"，自然编排为卷首。"南"系地域名，即今陕南以岐山为中心的东部一带。

②关关雎鸠：雌雄水鸟求偶时的和鸣声。

③洲：此指河中杂草丛生的小岛。

④窈窕淑女：窈窕，品貌均姣好；淑：贤慧、端庄。

⑤好逑：好，读第四声；逑，配偶，匹配之佳偶。

⑥参差荇菜：参差（cī）：长短不齐；荇菜，多年生水生草本植物，根茎可食。

⑦ 流：择取采摘。

⑧ 寤寐思服：不论醒着（寤）或睡着（寐），总是不断地思念。

⑨ 悠哉悠哉：连续不断。

⑩ 辗转反侧：指在床上因思念而翻来覆去。

⑪ 采（读第四声）：采摘。

⑫ 琴瑟友之：琴、瑟为古代两种乐器，其音相谐动听。友，读第四声。这句意思是说，我如能聘你为配偶，必如琴与瑟那样和谐相处。

⑬ 芼（音冒，第四声）：挑选。

⑭ 钟鼓乐之：乐，读lào，第四声，相和快乐，意即钟鼓齐鸣乐陶陶。

【吟诵介绍】

这首诗共有4段。第一、三、四段均4句；第二段8句是重点段，详细描述男子日夜深切思念他所爱慕的姑娘乃至辗转不眠，生动感人。而末两段转而述说男子的爱情理想，把故事推向深入。

第一段首二句均低音，不过首句前后音节每二字各自同音，只是"关雎"两字比前二字高3个音符；两个音节均略延长，下同。第二句"河"字与"关关"同音阶，而其他三字与"雎鸠"同音阶。后两句亦与"关雎"二字同一音阶，节奏亦不宜过于缓慢拖长。

第二段前两句音阶与调值均与首段相同，韵律上可以说是重复。第三句比前段"窈窕淑女"句提高几个音，置于中音区。第4句又回落到低音区与本段一、二句同音阶。本段后4句亦均与一、二句同音同调。第二段结束后可略停1-2拍，再转入第三段。

第三段首句可突然上升到中音区，音节之间不必停顿延长，而后3句音节间均可延长如前。其第2句音阶调值亦与首句相同。第3句音节间不停顿，要突出重音"淑"字。末句"琴瑟"二字又回落到低音区，而"友之"二字再上升到中音，以示强调。至于第四段4句均与第三段4句各个对应，韵律重复吟诵便可。

# 蒹葭

## 《诗经·国风·秦风》①

蒹葭/苍苍②,白露/为霜。所谓/伊人③,在水/一方④。
溯洄/从之⑤,道阻/且长⑥。溯游/从之⑦,宛/在水/中央⑧。
蒹葭/萋萋⑨,白露/未晞⑩。所谓/伊人,在水/之湄⑪。
溯洄/从之,道阻/且跻⑫。溯游/从之,宛/在水/中坻⑬。
蒹葭/采采,白露/未已。所谓/伊人,在水/之涘⑭。
溯洄/从之,道阻/且右⑮。溯游/从之,宛/在水/中沚⑯。

## 【注释】

① 秦风:即今陕西中南与甘肃东南部一带的民歌。

② 蒹葭苍苍:蒹,荻;葭,芦;合称芦荻,生长在水边,茎可食。苍苍,苍白色,秋冬之际其花茎变为此色。

③ 所谓伊人:我意中的那个人。

④ 一方:河的对岸。

⑤ 溯洄从之:随着逆流而上(追随她);洄,迴旋的水流(逆流);从,随从。

⑥ 道阻且长:河水阻挡且水路长而不能过。

⑦ 溯游:顺流而下。

⑧ 宛:宛如,好像。

⑨ 萋萋:与下文"采采"均为茂盛之意。

⑩ 晞：未干。

⑪ 湄：岸边。

⑫ 跻（jī）：升高；意指逆流而上，船就像攀登而上一样。

⑬ 坻（chí）：水中的小洲。

⑭ 涘（sì）：水边。

⑮ 且右：指水路曲折。

⑯ 沚（zhǐ）：水中小洲。

【吟诵介绍】

这首诗的主题与《关雎》相同，但本诗对主人公的描写更有动态感，他对佳人的追求，一会儿乘船顺流而下，似乎越过了头又调转船而逆流而上追赶，可谓不遗余力。因此，我们吟诵的语气与节奏也要有动态感。

本诗也分三段，每一段开头都是先对周围深秋景物的描写，即物起兴，造就优美的意境，从而突出佳人。而后各4句具体描写男子不顾道路艰难险阻而努力寻找意中人的过程，令人感动。

全诗大部分音调置于中、低音区。第一段：1–3句均为中音，第4句回落到低音。首句"蒹葭"二字明亮，比"苍苍"高3个音符，中间不停顿；次句四字均同音阶，中间延长，第3句音阶与节奏均与第2句同；第4句音阶逐字回落，中间略延长。第一段下半段4句，其音调韵律及节奏均分别与前半段各句相同。

第二、三段各8句，其韵律与节奏亦均与首段重复。

# 涉江

## 屈原

余幼好/此奇服兮①,年既老/而不衰。带长铗/之陆离兮②,冠切云/之崔嵬③。被(读披)明月/兮佩宝璐④。世溷(混)浊/而莫余知兮,吾方高驰/而不顾。驾青虬/兮骖白螭⑤,吾与重华游兮瑶/之圃⑥。登昆仑兮/食玉英(读央)⑦,与天地/兮同寿,与日月兮/齐光。哀南夷之/莫吾知兮,旦余济乎/江湘。

乘鄂渚/而反顾兮,欸秋冬/之绪风⑧。步余马兮/山皋,邸余车兮/方林。乘舲船/余上沅兮,齐吴榜/以击汰⑨。船容与/而不进兮,淹回水/而凝滞。朝发枉/渚兮,夕宿/辰阳。苟余心/其端直兮,虽僻远/之何伤!

入溆浦/余儃佪兮⑩,迷不知/吾之所如。深林杳/以冥冥兮,乃猿狖/之所居⑪。山峻高/以蔽日兮,下幽晦/以多雨。霰雪/纷其无垠兮,云霏霏/而承宇。

哀吾生/之无乐兮,幽独处乎/山中。吾不能变/心而从俗兮,固将愁苦/而终穷!

接舆髡/首兮⑫,桑扈/臝(裸)行⑬。忠不必/用兮,贤不必/以⑭。伍子/逢殃兮⑮,比干/菹醢⑯。与前世/而皆然兮,吾又何怨乎/今之人!余将董道/而不豫兮⑰,固将重昏/而终身⑱。

乱曰⑲:鸾鸟凤/凰,日/以远兮。燕雀/乌鹊,巢堂坛(读善)

/兮⑳。露申/辛夷，死林薄/兮㉑。腥臊（读骚）/并御，芳不得/薄兮㉒。阴阳/易位，时/不当兮㉓。怀信/侘傺，忽乎吾/将行兮㉔！

## 【注释】

① 余幼好此奇服兮：余，吾、我；好，读第四声，喜爱；奇服，奇特的服饰；兮，语助词，读xī 或 yī。

② 带长铗之陆离兮：铗，剑把，指代剑；陆离，色彩斑烂。

③ 冠切云之崔嵬：冠，戴，作动词用，读第四声；切云，彼时高冠名；崔嵬，高耸的样子。

④ 被明月兮佩宝璐：被，与"披"字通；明月，即夜明珠；宝璐，宝玉。

⑤ 驾青虬兮骖白螭：青虬（qiú），古代传说中有角的龙；骖白螭（chī），驾着传说中无角的龙。

⑥ 吾与重华游兮瑶之圃：重华，帝舜名；瑶，美玉。

⑦ 食玉英：食，读第四声，作动词用；玉英，古音央，玉的精华。

⑧ 欸秋冬之绪风：欸（e），叹息声；绪风，指秋冬之际的西北风。

⑨ 齐吴榜以击汰：齐，并举；榜，船棹，即船桨，也指船，这里指齐举船桨划水。

⑩ 儃佪：徘徊。

⑪ 猨狖（yòu）：猿猴。

⑫ 接舆髡首：接舆，即陆通，春秋楚国隐士；髡（kēng）首，剃去头发，这在当时是严重的人身侮辱与侵犯。

⑬ 桑扈臝行：桑扈，与陆通同为古代著名隐士；臝，即裸字，裸

行，指不规规矩矩地穿戴衣冠。

⑭ 以：用。

⑮ 伍子逢殃：伍子，即伍子胥，名员，春秋时吴国大夫；逢殃，指他自楚避难入吴后，尽管助吴强兵，攻破楚国，并报了杀父之仇，最后仍被吴王夫差赐死。

⑯ 比干菹醢：比干，殷代大臣，官少师，乃纣王叔父，因屡谏而被剖心死；菹醢（zū hǎi），被剁成肉酱。

⑰ 董道而不豫：董道，正道；豫，犹豫。

⑱ 重昏：黑暗；这两句是说，我将坚持正道而毫不犹豫地在黑暗环境里坚守一辈子。

⑲ 乱曰：乱，理也，是总理全篇主旨的意思。"乱曰"一般是全篇结语。

⑳ 巢堂坛兮：堂，房屋前庭；坛，楚方言读"善"，房屋中堂；这前两句以鸾凤比喻君子日渐远离，后两句以燕雀、乌鸦筑窝中堂而比喻小人窃取显位。

㉑ 露申辛夷，死林薄兮：露申，暴露堆积；辛夷，花名；林薄，丛林曰林，灌木杂草交错曰薄；意思是说，美好的辛夷花被堆积丢弃在杂草中溃烂而死。

㉒ 腥臊（读骚）并御，芳不得薄兮：腥臊，都是恶臭的气味；御，用；薄，这里指近的意思；这两句是说，恶臭的东西在取用了，芬芳的东西也就不得近前了。

㉓ 阴阳易位，时不当兮：当，读第四声；意思是说，天下正反的事物都颠倒了，我真是生错了时代。

㉔ 怀信侘傺，忽乎吾将行兮：侘傺，失意貌；忽，恍惚；这两句

是说，我怀着坚定的信念却感到失望，恍惚之中我只有远行而又能到哪里去呢？

【吟诵介绍】

　　本篇叙写作者晚年被流放时，从今天的湖北南渡长江，再下洞庭，又溯沅江而上，直到溆浦，然后独居当地深山之中。尽管环境恶劣，仍然"不能变心而从俗"，宁愿在困苦中坚守到底。因此，作品处处透露出坚毅而又愤懑的气息，以及对楚国的深情而又忧伤的基调，所以不宜采用高昂的声调和急促的节奏。

　　由于楚辞的结构基本上由两个句子组成一组，以表达较完整的意义，因而吟诵时两句不得拆开，否则犹如读"破句"了。不过也有例外，如本诗首段第5句"被明月兮佩宝璐"则为单句，以作为3-4句的补充；又如该段第10-12句组成一组，第12句也是对11句的补充。除此以外，在吟诵每两句一组时，前一组音调要略高一些，后一组则稍低平。

　　楚辞每一句诗一般可划分两个音节，而不管字数多寡，这两个音节在节奏上，一般以前一音节为强拍。两个音节之间的停顿以及两个句子之间的停顿或延长，已用斜线在作品中标出，仅作参考。

　　"兮"字用得多，这是楚辞的特有现象。它作为语助词并无实际意义，只是语言音节的自然延长。但是，本篇里"兮"字如在句中，仅仅是为了语气舒缓一些，但不延长。（至于"以、而、其、之、乎"等虚词在句中，吟诵时也与上述"兮"字一样处理，不延长。）"兮"字如在句尾，作为语助词，可延长一拍。但音调则不必高，叹气时感情色彩不必过于低沉忧伤。至于句末不带"兮"字者，一般不延长。

总的来说，第一段前 5 句诗人用美好事物象征自己的才德，比喻高尚的理想，故要用明快的调子、自赏的心情吟唱，而且节奏上略为跳跃，语速则稍快。

中间长长一大段（24 句）为主体部分，叙写涉江流放途中的磨难及其心情。全段以叙写为主，其心情渗透其中，故要用平实的语速叙说，其语速略快，不拖沓；每一句及每一小段之间的停顿均略短。直到该大段最后一小段四句（哀吾生之……终穷！），诗人直抒胸臆时，要带着忧伤而坚定的心情吟诵，音调略加提高，语速转慢，末两句更显出激情。

第三段乃继续抒发情志。前 8 句诗人用历史典故与反语口气抨击时政，心情激动，语速亦略快，音调略应提高，但不可长吟。末两句乃是诗人总结，音调要高昂，语气要坚定，语速则转慢。

末段"乱曰"是全文总结，述说其时政坛上是非混淆、黑白颠倒之大弊。诗人态度愤慨，吟诵时音调略高，语速急切，不拖沓，似一口气说下去，直到最后两句，语速一时转慢，语气更显坚定。

# 橘颂

## 屈原

后皇嘉树，橘/徕(来)服兮①。受命/不迁②,生南国(读域)/兮。深固/难徙③,更壹/志兮④。绿叶/素荣⑤,纷其可/喜(读第四声,下同)兮。曾(层)枝/剡棘⑥,圆果/抟兮。青黄/杂糅,文章/烂兮⑦。精色/内白,类任道/兮⑧。纷缊/宜修⑨,姱而不丑(读窈)/兮。嗟尔/幼志,有/以异兮。独立/不迁,岂不可喜/兮?深/固难徙,廓其无/求兮。苏世/独立,横而/不流兮⑩。闲心/自慎,终不失/过兮。秉德/无私,参天地(读坨)/兮。愿/岁并谢⑪,与长友(音以)/兮⑫。淑离/不淫⑬,梗其有/理兮⑭。年岁/虽少,可师长/兮⑮。行比/伯夷,置以为/像兮⑯。

【注释】

① 后皇嘉树，橘徕服兮：后皇，皇天后土；嘉，美好。服，习惯。这里指橘子是后天引种来而不是当地原生的。

② 受命：受命于天地。

③ 深固难徙：根已深扎于楚地，难以再迁徙了。

④ 更壹志兮：壹，专一。

⑤ 绿叶素荣：木本开的花叫華(古花字),草本开的花叫荣。

⑥ 曾枝剡棘：曾枝,重叠树枝；剡(yǎn),锐利；棘,树枝上的刺。

⑦ 文章烂兮：文章,指橘子颜色；烂,斑烂。

⑧ 精色内白，类任道兮：精色，指橘子表皮色彩鲜明；类，似也；任道，指表里如一、可负重任的人。

⑨ 纷缊宜修：指橘的香味美好。

⑩ 苏世独立，横而不流：苏，苏醒，特指清醒；横而不流，指特立独行的性格，不随波逐流。

⑪ 愿岁并谢：岁，指岁暮；谢，凋谢。

⑫ 与长（cháng）友兮：长期与其作友；友，读以。

⑬ 淑离：淑，善也；离，丽也；橘有文理谓淑离。

⑭ 梗其有理兮：梗，读四声，正直，指橘的枝干；理，文理。

⑮ 年岁虽少，可师长兮：少，指橘树种下不久；可师长（zhǎng），可以效法。

⑯ 行比伯夷，置以为像：伯夷，商末孤竹君之子，商被周灭后，不愿与周合作而避入首阳山饿死，表明有气节；像，读第二声，榜样。

【吟诵介绍】

本篇具体描绘了橘树的形象与特性，并以此象征作者正直、无私、爱国的美好品格。

在楚辞年代，像《橘颂》这样的四言诗仍然流行。每一句均有两个音节，其间短暂停顿。每两句组成一组，其后一句末适当延长。音节的停顿或延长以及重音字均已标出。

由于本诗是通篇赞颂的，吟诵的语气语调应当明亮、热烈，语调略高，语速稍缓。诗中如"更壹志兮"、"独立不迁，岂不可喜兮"、"秉德无私，参天地兮"等句，要以深情乃至激情吟诵，但不宜跳跃。

# 大风歌

## 刘邦

大风起兮/云飞扬,威加海内兮/归故乡①,安得猛士兮/守四方②!

【注释】

① 威:威风、威势。

② 安得猛士兮守四方:安得,怎能得到;安,疑问代词;猛士,勇猛之士。守,镇守;四方,指掌控下的四方各地。

【吟诵介绍】

这首诗是抒写作者刘邦率众起义先后打败了秦军及项羽的义军,胜利后返回见家乡父老时的喜悦心情,写得大气磅礴,视野开阔,自信有加。

本首诗歌句式上与楚辞一样,每句两个音节并有重音字(均见标注),而且全诗3句均押韵。所以,吟诵时要大气突出,音调高昂,节奏缓慢,并让字字如珠玑般掷地有声,听得清楚,能震撼心灵。

吟诵这首诗的关键是首句,其意义谁都明白,所以,一要高音,二要放开。这样,一开始便显出"谁主沉浮"的雄伟气势。三个"兮"字不仅都要长吟,而且能带有滑音或装饰音更好。为此建议紧紧地吟诵两遍,第二遍末句"守四方"三字其音高可提升八度。

# 秋风辞①

## 刘彻②

秋风起兮/白云飞,草木黄落兮/雁南归。兰有秀兮/菊有芳,怀佳人兮/不能忘。泛楼船兮/济汾河③,横中流兮/扬素波④。箫鼓鸣兮/发棹歌⑤,欢乐极兮/哀情多。少壮几时兮/奈老何!⑥

【注释】

① 辞:系古代一种文学体裁,流行于战国时期与汉代,其结构特征与楚辞相似,每句由两个音节组成,换韵自由,篇幅亦长短不一,句中安排语助词"兮"字起着换气的作用,并可调节诗句的节奏。

② 刘彻(前156-前87):汉武帝名。西汉之国力强盛,疆域广大,与他有雄才大略直接相关。他亦爱好文学,颇有文藻,流传的《秋风辞》等诗作历受称道。

③ 泛楼船兮济汾河:泛,浮行;楼船,有楼的大船,古代多为作战或指挥所用;也有少数装饰豪华供游览用的大船,此指后者;济:渡;汾河,黄河第二支流,流经山西中部,下游西入黄河,可通航,这里指楼船入济汾河浮游观览。

④ 横中流兮扬素波:船在江中心任意横渡航行;素波:清波。

⑤ 棹歌:棹(zhào),划船用的大桨,此指代船;棹歌,因船大划水费力,需多人齐心用力,而为了动作一致,船工们便发出节奏简单而声律粗犷、气势催人的劳动号子,称棹歌。

⑥奈老何：即老奈何之语倒置，其意是说今天是年轻力壮，什么时候老了那是没有办法的事，这里实际上点破了上一句的句意。连接上句，那种乐极生悲的现象并非纯属偶然，作者从人生乐极时看到了暗含的哀情，可以说是作者对生命现象的深刻反思，这是他人生观的一种表现，从某种角度看，有一定的合理性与深刻性。

【吟诵介绍】

这首诗语言清丽，文辞流畅，有楚辞遗风，全诗多处用"兰菊"、"佳人"等意象均带有《离骚》的影子，其句中"兮"字用法则与《九歌》相似。所以，这首诗的吟诵不妨沿用楚辞声韵节奏。

本诗每二句为一组。奇句在前，音略高；偶句在后则略低。最后一句为单句，针对全诗的情境所感悟与慨叹。每个音节字数尽管不等，但吟诵起来要成一体而不能有疏离感，音节在句子中的强弱声调如何安排不能一概而论，本书编者建议可以把按惯例做法与按该音节在诗中的重要意义结合起来考虑，确定每句的重点音节，以示强调、突出的作用。

鉴于这首诗风格清丽，吟诵的基调除末句外亦应如此，音调可定在中音区，偏高。最后一句是感叹句，听得出有忧伤的调子，因而前一音节用中音偏低并稍延长，而后"奈老何"三字用无可奈何的语气，中音偏高，一字一顿地吟唱，为全诗作结。

# 江南可采莲①

## 汉乐府

江南／可采莲，莲叶／何田田②，鱼戏／莲叶间。
鱼戏莲叶／东，鱼戏莲叶／西，鱼戏莲叶／南，鱼戏／莲叶／北。

【注释】

① 江南：主要指今长江三角洲一带。
② 田田：重叠，这句是说江南种荷的地方其莲叶何等茂密。

【吟诵介绍】

汉乐府采集的是一些汉代民间歌曲（虽不免有文人加工，但毕竟较大程度保持民间特色），本诗便是著名的一首。尽管全诗语句结构简单，却寓意丰富，尤其宝贵的是形象、语调均十分活泼、清新。所以，吟诵的语调也要相应的活泼、热烈，充满田园生活的乐趣。

全诗分两段：第一段三句起介绍作用，语速要稍慢，首句音调较高，二三句依次略滑落。第二段四句活泼、风趣，读之如视频那样，鱼一下子游到东西，又乍游至西或北。为把江南水乡浓厚的生活气息表露出来，这一段语速略快而且跳动，要一口气读下去，不能停顿、松散，只是末句结尾时突然放慢，其中"叶"字语音延长，音调变化时最好带点滑音或装饰音，以增长意趣，句末则不必拖长。

# 迢迢牵牛星
## 《古诗十九首》

迢迢牵牛/星①，皎皎河汉/女②。纤纤擢素/手③，札札弄机/杼④。终日不成/章⑤，泣涕零如/雨。河汉清且/浅，相去复几/许。盈盈一水/间，脉脉不得/语⑥。

【注释】

① 迢迢：遥远。

② 皎皎河汉女：皎皎，美好的样子；河汉女，指织女星，因星座在银河边上，故诗中称河汉女。

③ 纤纤擢素手：纤纤，细巧，指织女的手；擢（zhuó），提起；素手，肤色白皙的手。

④ 札札弄机杼：札札，象声词，织布的声音；机杼，指织布机，杼，织布用的梭子。

⑤ 章：文章，指织出的花纹。

⑥ 脉脉不得语：脉脉，深情，指她对牵牛（牛郎）含情脉脉而不语。

【吟诵介绍】

古诗十九首是东汉文人写的诗，不知作者姓名。诗原无题，萧统编纂《文选》时收集其中，并以首句为题。这组诗的共同特点是善于表达人类共同的感情。这首诗用活泼、风趣的语言，把世间男女真挚的爱情映照在织女星身上，而且虽题为"迢迢牵牛星"，却实际上从侧面细致地抒写织女内心里对牛郎的深情。本诗也可以说是古代的儿歌，如用儿歌的音调与口吻来吟诵，颇有韵味。

吟诵时要注意通篇音调较高，语速较快，不可拖沓长吟，如一口气吟到末句，才缓缓吟来，诗的结尾也不宜延长，这是节奏。再则，要用儿歌声调，通篇放在高音区平速地吟唱，其调值每句几乎相同一致，但其间第5句的"不"与第9句的"一"这两个字音还可以再提高几度，更显得活泼、跳动。要注意音节之间的停顿不要明显突出。

# 观沧海
## 曹操

东临/碣石①，以观/沧海。水何澹/澹②，山岛/竦峙③。树木/丛生，百草/丰茂。秋风萧/瑟，洪波/涌起。日月/之行，若出/其中④；星汉/灿烂，若出/其里⑤。幸/甚至哉，歌以/咏志⑥。

【注释】

① 碣石：山名，原位于今河北乐亭县附近海边，后湮没海上。曹操北征乌桓胜利回朝，曾登上碣石山并赋诗纪念。

② 澹（dàn）澹：水波漾动。

③ 竦峙：突兀、耸立；竦，耸。

④ 若出其中：意思是说，日月运行好像从海中出入。

⑤ 星汉灿烂，若出其里：汉，银河；天上灿烂的星河映照在海面，也好像都出没于大海里。

⑥ 幸甚至哉，歌以咏志：前一句即"至幸至甚"的意思，后一句是说要作歌以表示志向。这两句结构上与全诗实无关系，乃是当时诗歌流行的一种格式。

【吟诵介绍】

这是继诗经、楚辞、五言古诗之后仍在魏晋流行的四言诗，其格式是在末尾处有两句8字的赞语。本诗句式整齐,视野广阔,大气磅礴,从中充分显示出诗人博大的胸怀与雄踞天地的志向。虽然不明说,而实则隐约地仿效秦皇东巡至碣石即勒石为铭以作纪念的做法。

因此,吟诵本诗应取高调,不宜低音;节奏平稳,节拍中速,既不急促,亦非长吟,但要放声高吟,以求得与大气之作相匹配。

具体提示如下:开宗第一、二句要放声高歌,音节延长均以一拍为宜,以收铿锵之效。第三句开始略将高音调低,似对沧海景色的具体介绍。第七句开始又提高音调,接着几句音调逐渐稍稍下滑,直到末句又上扬至高音区,"其里"两字略略延长。至于最后两句是附言,语速中等,音调略低以不超过前面诗句为限,句尾不必拖长。

# 饮酒

## 陶渊明

结庐/在人境①，而无/车马喧②。问君/何能尔③，心远/地自偏。采菊/东篱下，悠然/见南山。山气/日夕佳④，飞鸟/相与还。此中/有真意⑤，欲辨/已忘言⑥。

【作者简介】

陶渊明(365-427)，又名潜，字元亮，浔阳(今江西九江)人，古代著名田园隐逸诗人。曾任江州祭酒、镇军参军、建威参军等职，后任彭泽县令，不久因不满贪官污吏之淫威，且对当局失望，愤然弃职，归隐躬耕至终。有《陶渊明集》传世。

【注释】

① 结庐：建造屋宇，这里指诗人所居；"人境"：人世间。

② 喧：喧闹、嘈杂。

③ 君：此处指诗人自己；"尔"：这样。

④ 山气：山色；"日夕"：傍晚。

⑤ 真意：领会到事物的精髓。

⑥ 欲辨已忘言："辩"：剖析；"忘言"，不是忘记，而是无须言说，"忘"可读无(wú)。

【吟诵介绍】

　　这首诗是诗人心境的真实写照，正如诗人另在托写《五柳先生传》这篇短文中所说，先生"闲静少言，不慕荣利"，其心态散淡，安贫乐道。诗中"采菊东篱下，悠然见南山"更是千古吟诵的金句。故吟诵本诗时应取此基调，节奏始终徐缓，不宜急促。

　　由于受两汉诗坛的影响，两晋南北朝的诗体流行五言诗。每句两个音节，前后二、三字划分，而重音一般分布在后一音节。像这样的韵律与节奏其轻重缓慢的安排，因变化不大，还是比较容易吟唱的。对照作者录音可以看出，只要遵照音节前轻后重、前紧后松的规律便可以吟唱了。

# 渡青草湖①

## 阴铿

洞庭／春溜满②，平湖／锦帆张。沅水／桃花色，湘流／杜若香③。穴去／茅山近④，江连／巫峡长。带天／澄迥碧⑤，映日／动浮光⑥。行舟／逗远树⑦，度鸟／息危樯。滔滔／不可测，一苇／讵能航⑧。

【作者简介】

阴铿：字子坚，生卒年不详，南朝武威（今甘肃省武威市）人，梁、陈两朝入仕，累官至晋陵太守、员外散骑常侍。其诗曾受杜甫推崇，有"颇学阴，何苦用心"之言。

【注释】

①青草湖：在今湖南省岳阳市西南，湘江、汨罗江汇入洞庭湖之处，其水域属东洞庭之一部。

②溜满：指洞庭春水弥漫，涨满湖岸。

③杜若：香草名，湘沅一带多有所产。

④穴：指华阳洞；去：距离；茅山：在今江苏省句容县东南，相传汉代茅盈三兄弟在此山华阳洞修道成仙。

⑤带天：指山水相接；"澄迥碧"：指深远、明净碧蓝的天空。

⑥动浮光：指行船时摇碎了照在水面上的阳光；浮光：水面上的阳光。

⑦逗：这里是停止的意思，这一句是说从行舟上摇动远方的树木，好像船与树都静止不动的样子。

⑧一苇讵能航：这一句意思是说，因湖面广阔，湖水浩渺，反观行舟之小犹如一束芦苇浮在水面，怎能航行？讵，怎能。

【吟诵介绍】

　　作者善于书写山水景色，在这首诗里，诗人由近及远，联想广阔，描写不落俗套。全诗押下平声七阳韵，一韵到底。12句每两句为一组，吟诵时除了与前一首陶渊明《饮酒》诗一样，每句两个音节前轻后重、前紧后松的节奏以外，按照本诗的特色，吟诵的声调与节奏最好能带点跳跃性。即是说，每一组里前句强，后一句较弱；单组略强、双组略弱，以此类推。

# 木兰诗

## 北朝民歌

唧唧/复唧/唧①,木兰/当户/织。不闻/机杼/声②,唯闻/女叹/息。问女/何所/思,问女/何所/忆。女亦/无所/思,女亦/无所/忆。昨夜/见军/帖③,可汗/大点/兵④,军书/十二/卷,卷卷/有爷/名。阿爷/无大/儿,木兰/无长/兄,愿/为市鞍/马,从/此替爷/征。

东市买骏/马,西市买鞍/鞯,南/市买辔/头⑤,北/市买长/鞭。旦辞/爷娘/去,暮/宿黄河/边。不闻/爷娘/唤女声,但闻/黄河流/水鸣/溅溅。旦辞/黄河/去,暮至/黑山/头⑥。不闻/爷娘唤/女声,但闻/燕山胡/骑鸣/啾啾。

万里/赴戎/机⑦,关山/度若/飞⑧。朔气/传金/柝⑨,寒光/照铁/衣。将军/百战/死,壮/士十年/归。

归来/见天/子,天子/坐明/堂⑩。策勋/十二/转⑪,赏赐/百千/强。可汗/问所/欲,木兰不用尚/书/郎⑫,愿驰/千里/足⑬,送儿/还故/乡。

爷娘/闻女/来,出郭/相扶/将⑭。阿姊/闻妹/来,当/户理红/妆。小弟/闻姊/来,磨刀霍霍向/猪羊。开我/东阁/门,坐我/西阁/床。脱我/战时/袍,着我/旧时/裳。当窗/理云/鬓,对/镜帖花/黄⑮。出门/看火/伴⑯,火伴/皆惊/忙。同行/

十二／年，不知木兰是／女／郎。

雄兔／脚扑／朔，雌兔／眼迷／离。两兔／傍地／走，安能／辨我是／雄雌。

**【注释】**

① 唧唧：象声词，织布机发出的声音。

② 机杼：参见《迢迢牵牛星》注。

③ 军帖：古代朝廷征兵通知单。

④ 可汗（读 kè hán）：古代北方民族最高统治者的称号。

⑤ 辔头：驾驶牲口用的缰绳。

⑥ 黑山：即杀虎山，在今呼和浩特市东南；后一句"燕山"指燕然山，即在今蒙古国境内的杭爱山。

⑦ 戎机：战争。

⑧ 关山度若飞：跨越重重关山像飞一样；度，跨越。

⑨ 朔气传金柝：冷冽北风传来打更的声音。金柝，金属做的打更梆子。

⑩ 明堂：古代天子向臣民宣示政教的殿宇。

⑪ 策勋：记载功勋的册子。

⑫ 尚书郎：朝廷里为皇帝处理日常政务的官职。

⑬ 千里足：千里马。

⑭ 出郭相扶将：爷娘相互扶着出城；郭，外城。

⑮ 贴花黄：古代风俗，年轻女子出门时要在额或两鬓贴上面饰。

⑯ 火伴：今谓伙伴。

【吟诵介绍】

这是一首动人又动听的诗歌。它的特点是句式变化大，押韵转韵较自由，并不限定几句一韵。这是因为它是民歌的缘故，所以吟诵时也要与之相适应，该放即放，该收即收，节奏快慢、音调高低等等均要顺势而变。再则，这是一首叙事诗，但要用抒情的调子去叙事与吟赞。

全诗可分6段。第1段共16句，是木兰替父从军故事的缘起。因向来勤勉纺织的木兰突然停机叹息，自然引起父女的问答。由此，吟诵这8句要用中音、平稳节奏、中等语速，每句末尾亦不必延长。

本段后8句叙写木兰替父从军的决心时，其语气愈说愈急，决心愈发坚定，且立即付诸行动。这样，每句语速、语气也就句句加急，不可延长。至于音调，除"阿爷无大儿"两句提升外，其余8句均用中音和中速吟诵，而后"东西南北市"四句便以快速、紧凑并跳跃式吟完。然后停顿1-2拍，以便转换时空，为第2段预置氛围。

第2段共8句，叙写木兰出征之艰险经历，其驻地步步推进，即从侧面显示征战顺利。尽管艰辛，但吟诵的语调语气应是乐观、开朗，尤其是两个"暮宿""但闻"句明显如此，因而语速转慢，音调逐渐提升。

第3段共6句，叙写木兰十年征战，艰苦卓绝，终于功成名就、班师回朝，其中前6句语速要转快，音调上扬，语句之间短暂停顿，不可延长，至"将军百战死"一句突转慢速，然后戛然而止停半拍，"壮士十年归"句突然转慢速，句末并延长。接下一段前4句（"归来见天子……百千强"）其语速、节奏均与前段开头（"万里赴戎机"）相同。本段最后4句音速放慢，其中，"木兰不用"的音调要提升、明亮、突出并延长。

第5段共16句，诗的场景大转换，详细交代了一家人的热情相见，以及木兰恢复了平民女子的平静生活。为表现亲情，本段调子应比前一段略高且明亮，节奏轻快且有跳跃感，其中"磨刀霍霍向猪羊"一句要延长再者，还要按照伙伴们十分惊讶、激动的语气，念好第4句"不知木兰是"这句，要一口气念，"女郎"二字要分开念，"女"字可单独任意延长，（我建议延长4拍），一方面是出于激动，另一方面好像惊讶得说不出话来。其余各句一般不延长，而且要念得紧凑。

至于末段最后四句乃是前一句的比喻，赞誉木兰乔装之奇妙，以至伙伴十余年，仍不知木兰的身份。所以，音调不必高，节奏要紧凑，直到末句"安能辨我是雄雌"放慢速度，句末延长1拍即可。

# 望岳①

## 杜甫

岱宗夫/如何②？齐鲁/青未了③。造化/钟神秀④，阴阳/割昏晓⑤。荡胸/生曾云⑥，决眦/入归鸟⑦。会/当凌绝顶⑧，一览/众山小。

【注释】

① 岳：大山。

② 岱宗：山东泰山的别称，一向尊为五岳之首；夫，语助词。

③ 齐鲁青未了：齐鲁，古代两个国的国名，均在山东境内；青未了，指泰山一带的青色峰峦连绵不断，未能望到尽头。

④ 造化钟神秀：造化，大自然的力量；钟神秀，这是说泰山之所以神奇秀丽，乃是大自然独有所钟之故，钟，汇集，凝聚。

⑤ 阴阳割昏晓：阴阳，山南为阳，山北为阴（阳光照不到）；割，分开；昏晓，早晚；这一句形容泰山之高。

⑥ 荡胸生曾（层）云：荡胸，涤荡心胸；曾（层）云，一阵阵风吹云飘就像一层层云彩叠起，使人心胸开阔。

⑦ 决眦：张大眼睛；眦，眼眶。

⑧ 会当凌绝顶：会当，定要；凌，登上；绝顶，最高峰。

【吟诵介绍】

诗人年青时初登泰山绝顶，心情激荡，便热情讴歌泰山的雄伟气势，因此，全诗显得大气磅礴，且视野高远广阔。吟诵时要用高调、中速，并要放开，有气势。要注意每句的音节、一个音节、一个音节显示清楚。

首句要用高音高调吟，吟出气势。到第2句"青未了"这个音节便逐渐下滑，直到第6句"决眦"便上扬音调至终，尤其末二句更要吟出气势，末句"一览"五字用慢速，不过，"小"字不必过多延长，否则气势反而减弱。

# 登幽州台歌①

## 陈子昂

前/不见古人②,后/不见来者。念天/地之悠悠,独怆然/而涕下③。

【注释】

① 幽州台:即蓟北楼,战国时燕王所建,故址在今北京市西南。

② 古人:诗里所指乃古代贤君,与后句"来者"意思一样,指未来的圣君。

③ 独怆然而涕下:独,指孤独寂寞的自己;怆然,伤悲;下,读第三声(xiǎ)。

【吟诵介绍】

在体裁上这是一首五言古体诗(古诗)。古诗音节划分与停顿或延长,均十分灵活,可因人而异,其韵律也较自由,也就是说,视吟诵者的情感体验与气势的不同而灵活变化,它不像格律诗那么严格。

这首诗大气磅礴而又苍劲悲凉。故此,吟诵时音调要高昂而不可低沉;语速要放慢,每句可延长1-2拍;要用慨叹的语气语调放开吟唱,尤其后一个音节要放长声,其中第2-3句末尾"来者""悠悠"拖长时,可自行添加叹词"啊""呵"等音,以增强悲叹的音响效果。同样为加强效果,全诗可重复吟两遍。

# 梦游天姥吟留别[①]

## 李白

海客/谈瀛/洲[②],烟涛/微茫/信难求[③]。越人/语天/姥[④],云霞/明灭/或可睹。天姥/连天/向天横,势拔/五岳/掩赤/城[⑤]。天台/四万/八千/丈[⑥],对此/欲倒/东南/倾[⑦]。我欲/因之/梦吴/越,一夜/飞度/镜湖月[⑧]。
湖月/照我/影,送我/至剡/溪[⑨]。谢公/宿处/今尚/在[⑩],渌水/荡漾/清猿/啼[⑪]。脚著/谢公/屐[⑫],身登/青云/梯[⑬]。半壁/见海/日[⑭],空中/闻天/鸡[⑮]。千岩/万壑/路不/定[⑯],迷花/倚石/忽已/暝。熊咆/龙吟/殷岩/泉[⑰],栗/深林兮/惊层/巅[⑱]。云/青青兮/欲雨,水/澹澹兮/生烟[⑲]。列缺/霹雳,丘峦/崩摧[⑳]。洞天/石扉,訇然/中开[㉑]。青冥/浩荡/不见/底[㉒],日月/照耀/金银/台[㉓]。霓为/衣兮/风为/马,云之/君兮/纷纷/而来下[㉔]。虎鼓/瑟兮/鸾回/车[㉕],仙之/人兮/列如/麻。忽魂/悸以/魄动,恍/惊起而/长嗟。
惟觉/时之/枕席[㉖],失向/来之/烟霞。世间/行乐/亦如/此,古来/万事/东流/水。别君/去兮/何时/还?且放/白鹿/青崖/间[㉗]。须行/即骑/访名/山。安能/摧眉/折腰/事权贵[㉘],使我/不得/开心/颜!

【注释】

①天姥（mǔ）：山名，在今浙江新昌县东。相传有闻天姥歌声而名播。

②海客谈瀛洲：海客，海上来往的人；瀛洲，古人以为渤海中有蓬莱、方丈、瀛洲三座神山，仙人居之。

③信：实在。

④越人：越，今浙江中南一带。

⑤赤城：山名，在今浙江天台县北，与天台山相对。

⑥天台四万八千丈：这是依传闻而极力夸张。

⑦对此欲倒东南倾：比之天姥，天台虽高，好像还是倒向东南而低倾。

⑧镜湖：即今浙江绍兴西南的鉴湖。

⑨剡（shàn）溪：水名，在今浙江嵊州南，曹娥江上游。

⑩谢公：指南朝刘宋时诗人谢灵运，他游天姥时曾在剡溪投宿。

⑪渌水：清水。

⑫谢公屐（jì）：谢灵运发明的木头鞋，上山时摘去底部前齿，下山时摘去后齿，故便于登山，因此得名。

⑬青云梯：高山云雾中的登山石级。

⑭半壁见海日：因山高，从其东面可看到海上日出。

⑮天鸡：古时相传东南高山巅大树上有鸡，日出时鸡鸣，天下各鸡随之鸣。此鸡并非天上有，而指人间高山上才有。

⑯路不定：山路高低曲折。

⑰熊咆龙吟殷岩泉：咆，咆哮；殷（yǐn），震动；此句喻高山泉流之大，声震耳聋。

⑱ 栗深林兮惊层巅：入深林，攀层峰，闻泉鸣，为之惊骇颤栗。

⑲ 澹（dàn）澹：水波闪动。

⑳ 列缺霹雳，丘峦崩摧：列缺，闪电；霹雳，雷鸣；崩摧，山石崩裂下滚。

㉑ 洞天石扉，訇(hōng)然中开"：洞天，道教称神仙所居之处；石扉，石门；訇然，巨响声。

㉒ 青冥：青天。

㉓ 金银台：指神仙所居之处。

㉔ 云之君：云神。

㉕ 虎鼓瑟兮鸾回车：鼓，此指弹奏瑟；鸾，像凤一样的大鸟，常指仙人所乘。

㉖ 惟觉时之枕席：喻梦醒时只剩下眼前枕席，什么都没有。

㉗ 且放白鹿青崖间：白鹿，指仙人的神兽坐骑；青崖：悬崖巨石。

㉘ 安能摧眉折腰事权贵：安能，怎能；摧眉，低眉、低头；折腰，弯腰；事，侍候；权贵，掌握大权的达官贵人。

【吟诵介绍】

这是一首著名的七言古诗(古体诗)，是李白于天宝四年（745）将离开山东南下浙江中东部所向往的天姥名山时所作。因尚未看清实景，故全篇所写为梦境，却也十分自然真切，尤其构思出奇，想象细实。这首诗灵活自由，杂用四、五、六、七、九言及骚句，随口所吟，挥发自如，可谓绝唱。

全诗共45句，可分三段：

第一段从首句至10句"一夜飞度镜湖月"，写游天姥的缘由，介绍天姥山高耸雄伟，气势横天。正因如此，首段吟诵音调、节奏及气势均较为平稳。这使得吟诵起来较为容易。音高上第1-4句分别是：低－中高；中－低；低－中高；中高－低。第5-6句：中－高；高－中。第7、8句：高－高；高－中。第9、10句：低－中－高；低－高－中。以上各句的节奏均为中速。一段结束，略可停顿。

第二大段从11句"湖月照我影"起至36句"恍惊起而长嗟"止。是为全诗主体部分，也是诗人笔墨着力处。吟诵这一段有一定难度，因为篇幅较长，节奏、音调变化多，这只能耐心地学唱几遍，慢慢练就。

这一大段的音调以中音为主，上下变化。例如本段首句按音节可安排中音略高："谢公"为中音；"宿处"高音并延长；"今尚/在"依次下滑，其拖音并滑到低音区。下一句"渌水……猿啼"始终在低音区回旋。接着，"脚着谢公屐"五字音调依次上扬，下面"身登"句由高音依次下降至中音区。再如："半壁/见海/日"句，如果半壁念高音，海日则念低音，或者这两个音节高低音相反念，以此类推。再以这首诗为例，如遇到四言对句，"列缺霹雳，丘峦崩摧。洞天石扉，訇然中开"，前后两句各可并成一句，如念高音，两句一并念，反之亦然，而且并句后前高后低地念。

第三段自"惟觉时之枕席"始至诗末句止共9句。写梦醒后立觉失去神仙世界的美好境地而回到令人失望的现实。对于追求自由的李白来说，他看明白了"古来万事东流水"，只是他一生决不肯"折腰事权贵"。

如果说第二大段的吟诵带有欣赏、向往的情调，而第三大段则是以同情并赞许诗人的态度吟诵。

本段9句中，第1、2句前高后低。首句三个音节为高－中－低，中间音节拖音,句末停顿;次句均为低音,"来之"拖音,句末不延长。第三句节奏缓慢,前两个音节低音,后两个音节升至中音,接着下句"古来万事"同音高,而后"东"字突升高,再速降音并延长。

第5句"别君去兮"念中音,"去"字拖音,后三字念低音,下句"且放白鹿"四字低音紧凑,"鹿"字拖音,后三字念中音,"崖间"两字各各拖长。接着一句每音节音调均略拖长,并依次由低稍略提升。最后两句是作者心声的直接宣泄,是全诗的压轴名句,而关键之关键又是"安能"句。这一句节奏慢速,由高声依次下降,需带情感,后面"事权贵"中,"事"系重音字,要用中音突出以引起注意,后两字音略低,不延长,且略停顿(静音)并吸气。末句虽在低音区,但最好能用重音宣示,第二音节"不得"略延长,最后三字,字字延长,"开"是重音字,要凝重、强调突出,并延长结束。

# 白雪歌送武判官归京
## 岑参

北风/卷地/白草/折①,胡天/八月/即飞/雪②。
忽如/一夜/春风/来,千树/万树/梨花/开。
散入/珠帘/湿罗/幕,狐裘/不暖/锦衾/薄③。
将军/角弓/不得/控,都护/铁衣/冷难/着④。
瀚海/阑干/百丈/冰,愁云/惨淡/万里/凝。
中军/置酒/饮归/客⑤,胡琴/琵琶/与羌/笛。
纷纷/暮雪/下辕/门,风掣/红旗/冻不/翻⑥。
轮台/东门/送君/去⑦,去时/雪满/天山/路⑧。
山回/路转/不见/君,雪上/空留/马行/处。

【注释】

①白草折:白草,西域牧草名;折,折断,说明北风强劲。

②胡天:胡,古代对今西北及其周边地域少数民族的通称;胡天,指该地区的天气。

③锦衾:锦,织出花纹颜色的一种纺织品;锦衾,用锦做面子的被子。

④都护:官名,汉代始设置,是具体管理辖区军队,并指挥作战的负责官员。

⑤中军:晋、南北朝时置中军将军官职,在辖区内有统领军事、地方行政大权。

⑥ 风掣红旗冻不翻：掣，牵拉，此句是说，大风牵拉着红旗竟冰冻住翻不动了。

⑦ 轮台：地名，位于新疆中部、天山以南。

⑧ 天山路：去天山的路；天山，横贯新疆中部的大山。

**【吟诵介绍】**

作为古体诗，行数可多可少；押韵宽，可转韵；不讲对仗，灵活自由。岑参这首诗正是这样。因此，吟诵者要抓住写雪这条轴线，用不同的场景角度和不同的音调节奏，以求突出真挚的送别之情。

全诗可分4段。第一段前四句写西北地区风雪之强劲，但诗人却把风雪写活了，犹如春天里大片开放雪白的梨花。因此，这一段音调要响亮，用中等语速一口气流利地吟下来，但首句末"折"字立即停顿而不宜延长。第3句前两个音节音调稍转低，"春风来"开始又上扬至第4句末并延长。顺便说，要以高兴、欣赏的心情吟这两句。

第二段三行共六句，具体抒写奇冷冰冻的场景。每一行音调要有起伏，每一句也要起伏才有韵味。总体上第5-6句稍低，第二行上扬，第三行又下滑；每句节奏与音调同样起伏，如第5句"散入"略低，而后扬高，"狐裘"二字又回落，"不暖锦"三字又上扬，"衾薄"二字又回落，接着四句同样起伏如此。

第三段四句音调节奏安排亦如上，"中军"、"胡琴"均音高，而后亦均下滑略低；第13-14句音调则相反："纷纷暮雪（低）下辕门（高），风掣（高）红旗（中）冻不翻（低）"。这一段语速适中，音调要柔。

第四段末四句，整体音调比前略低，语速亦比前稍慢，节奏要有波浪形，表情要显出亲切、不舍、惦念的送别之情。

# 关山月
## 李白

明月/出天/山①，苍茫/云海/间。
长风/几万/里，吹度/玉门/关②。
汉/下白登/道③，胡窥/青海/湾④。
由来/征战/地⑤，不见/有人/还。
戍/客望边/色⑥，思归/多苦/颜。
高楼/当此/夜，叹息/未应/闲。

【注释】

①天山：不是专名，这里是指甘肃与青海交界的祁连雪山，因高，形容为天山。

②玉门关：在甘肃敦煌之西，古代通西域的交通枢纽。

③汉下白登道：汉下，汉朝派兵；下，出兵；白登，山名，位于今山西大同一带，当年汉高祖率兵与匈奴交战曾被困于此。

④胡窥青海湾：胡，指土蕃；窥，暗中察看，以伺时机。

⑤由来：从来。

⑥戍客望边色：戍，防守；戍客，指守边战士在家乡的妻子；客，一些地方对妻子或已婚女人的通称，至今如此。

⑦高楼：指守边战士妻子的家，系通称。

【吟诵介绍】

《关山月》是汉乐府的一种调名，汉乐府的最大特色是保留民间文学的特色，读来顺口，单双句之间如贯之则一长句，所以，单句要停顿，双句宜延长。由于此诗系文人乐府，书面语言多，吟诵者又不能改字，只能以守边战士妻子的口吻、关切思念的心情来吟诵。

前四句为第一段，起铺垫作用，到了第4句"玉门关"才引出主题，因为古代玉门关外广袤土地从来是征战之地，而自然景色却十分优美。于此，可以用高音调且中速吟唱，而不宜慢速，否则会减弱气氛。第5-8句为第二段，为诗的背景，起过渡作用。全段语速要稍快，但不急促。再者，由第5-6两句引出主题，故用叹息语气语调以慨叹之，节奏亦宜平稳，不可起落跳动，但要突出"不见有人还"一句。这种情形对于妻子来说，丈夫一去戍边就等于诀别，但还是日夜思念，希望他能意外归家。所以，在作为主题延伸部分的末段，更要明显地用守边战士家属急切盼望的心情和无奈叹苦的语调吟诵，并相应地在末三句逐渐放低音调、放慢语速，尤其末句似乎要听得出叹气的声调。

# 古从军行
## 李颀

白日/登山/望烽/火①，黄昏/饮马/傍交/河②。
行人/刁斗/风沙/暗③，公主/琵琶/幽怨/多④。
野营/万里/无城/郭，雨雪/纷纷/连大/漠。
胡雁/哀鸣/夜夜/飞，胡儿/眼泪/双双/落⑤。
闻道/玉门/犹被/遮⑥，应将/性命/逐轻/车⑦。
年年/战骨/埋荒/外，空见/蒲桃/入汉/家⑧。

【注释】

①烽火：古代边境每隔若干里地筑一高台，一有侵犯，便燃烧柴火或狼粪以报警，即为烽火，高台便称烽火台。

②交河：地名，汉时车师国首府，在今新疆吐鲁番西北，唐时置县。

③刁斗：古代军中用具，方形有柄，铜制，可盛一斗粮食，白天用以煮饭，晚上用作巡逻打更。

④公主：指乌孙公主。汉武帝时张骞出使乌孙国，受命以汉宗室女封为公主嫁乌苏国王，故名。

⑤胡儿：指对方年轻战士。

⑥玉门：即玉门关，中原通往西域的通道，故址在今甘肃敦煌西；遮，阻拦。

⑦逐轻车：逐，追随；轻车，汉代置轻车将军，这里泛指将领。

⑧蒲桃：即葡萄译音，汉武帝时由西域引进内地种植。

【吟诵介绍】

诗人借对汉武帝用残酷的战争手段扩大疆土表达了高度不满，并借此讽刺了唐玄宗穷兵黩武的政策，并且对在荒凉的西北边陲过着艰险日子的戍边战士寄予了深切的同情。全诗情调不满多多，感慨深深。吟诵的基调亦如此。

本诗始终要以中速吟诵，音调不宜低沉，逢双句比单句有所延长。

起始句宜置高音区，该句3-4音节要吊起，好为后作势。次句下调至中音区，末音节甚至低8度念。第3-4句、5-6句韵律由"低—略高—低"波浪形安排。第7"胡雁"句与第8"胡儿"句音调均先高后低，并要明显有同情语气。接着，"闻道"句与"应将"句，分别由低到高，而后由高到低。最后两句韵律安排亦与"闻道""应将"这两句一样。这里说的"高"，自然是高音，而"低"则是相对而言在中音区。总之，吟诵这首诗，其音域在高音区与中音区之间，不宜过度起落。

# 春江花月夜①

## 张若虚

春江/潮水/连海/平,海上/明月/共潮/生。
滟滟/随波/千万/里,何处/春江/无月/明?
江流/宛转/绕芳/甸②,月照/花林/皆似/霰③。
空里/流霜/不觉/飞④,汀上/白沙/看不/见⑤。
江天/一色/无纤/尘,皎皎/空中/孤月/轮。
江畔/何人/初见/月?江月/何年/初照/人?
人生/代代/无穷/已,江月/年年/只相/似。
不知/江月/照何/人,但见/长江/送流/水。
白云/一片/去悠/悠,青枫/浦上/不胜/愁⑥。
谁家/今夜/扁舟/子⑦?何处/相思/明月/楼⑧?
可怜/楼上/月徘/徊,应照/离人/妆镜/台⑨。
玉户/帘中/卷不/去⑩,捣衣/砧上/拂还/来⑪。
此时/相望/不相/闻,愿逐/月华/流照/君⑫。
鸿雁/长飞/光不/度⑬,鱼龙/潜跃/水成/文⑭。
昨夜/闲潭/梦/落花⑮,可怜/春半/不还/家。
江/水流春/去欲/尽,江潭/落月/复西/斜⑯。
斜月/沉沉/藏海/雾⑰,碣石/潇湘/无限/路⑱。
不知/乘月/几人/归?落月/摇情/满江/树⑲。

【注释】

① 《春江花月夜》：乐府曲名。

② 芳甸：芬芳的草地。

③ 霰：雪珠。

④ 流霜：形容月光皎洁如白霜，且似乎飘动着。

⑤ 汀：水中高地，这句意思是说，月光照在沙洲上面一片白，以致看不见白沙了。

⑥ 青枫浦上不胜愁：青枫浦，地名，在今湖南浏阳县境内，此处乃泛指；不胜愁，受不住愁苦。

⑦ 扁舟子：扁舟，飘荡在水上的孤舟；子，这里指船上的游子。

⑧ 明月楼：月下思念丈夫的妻子所在的高楼。

⑨ 离人妆镜台：离人，指与丈夫离别的妻子；妆镜台，即梳妆台，这是古代妇女的重要家具。

⑩ 玉户帘中卷不去：月光透过窗口，即使用窗帘也遮不住；玉户，雕饰华美的窗户。

⑪ 捣衣砧上拂还来：捣衣砧，洗衣服捶打用的石板，这句是说，月光照在妻子用来捶衣的石板上，是拂也拂不掉的。

⑫ 愿逐月华流照君：逐，随；月华，月光；君，指游子。

⑬ 鸿雁长飞光不度：鸿雁，大雁；长飞，远飞；光不度，飞不出月光，度，飞越。

⑭ 鱼龙潜跃水成文：在月光下，鱼龙潜跃水中而使水波形成波纹；文，文章，此指水波花纹。

⑮ 闲潭：水波平静而深深的池塘。

⑯ 江潭落月：指夜渐深。

⑰ 斜月沉沉藏海雾：西下的月亮深沉地照在海上而被雾气遮住；藏，隐藏。

⑱ 碣石潇湘无限路：碣石，山名，见前《观沧海》注；潇湘，分别指潇水、湘江；无限路，这里指妻子对离家远去的丈夫有无尽的思念。

⑲ 落月摇情满江树：这是说，夜深不眠的妻子深情地带着西斜的月光，把树影洒满江边。

【吟诵介绍】

这是一首景色优美、柔情浓浓的抒情诗。全诗的基调，上半首（1-2段）清丽、流畅，不管诗句之间停顿或延长，都要一句句紧密相连而不可松弛，要吟诵出优美、醉人的气氛，中等语速，音调悠扬；下半首（3-4段）悠思绵远，要唱出深情、开阔的意境，语速稍缓，节奏起伏，音调深沉。

本诗属乐府曲，保留许多民歌的传统。虽然篇幅较长，但旋律轻盈，其音调与节奏高低、强弱、快慢均相近，故不宜大起大落或缺少变化。

第一段（1-10句）纯粹描写春江月夜的景色，十分优美。从远水海潮到岸边的草地沙洲，从空中皎月到地上江流，立体感强。因此要用赞美的音调吟诵。起始四句语速稍慢，旋律较柔，要注意每个音节时值的长短，每句重音位置的变动，并以重音为核心其音阶的高低等等，从而构成富于变化的旋律。同时要注意无论音高、音强、音速如何都要轻柔。

第二段（11-16句）由景到人，赞叹时空的无限，十分动人。从年年江月到代代人生相映照，使人感到情景是十分美好的交融。这一段虽系全诗前后部分的过渡，但也要用感叹的韵调与询问的语气吟诵。

第三段（17-26句）从以上由景到人、情景交融的一般感叹，转到本段以关切询问的口吻，专注于一家离别相思之苦，从而引发人们的同情。要注意本段与下一段角色及其角度的转换。这一段就以诗人的眼光，从侧面抒发他人的离情别绪。因此，本段除了首末两句（"白云一片"与"愿逐月华"两句）音调较高之外，其余各句音调均转低（但不低沉），每句末亦不要过分延长。

第四段（27-36句）角色又转到思妇身上，她思念得梦，直到春尽、夜月日日西斜，所思游子仍未还家，以致思念无限、夜不成寐。这种寂寞无奈、孤单苦闷的心情要在吟诵中表达出来。因此，音调上每两句前后要一高一低，高低起伏；每句之间要紧密不延长，也就是说，音节之间的延长时值超过句末，而这正是本段的重要特点，从而以求取得感人的效果，因为句末的延长与句中音节延长的作用及其效果是不一样的。

# 将进酒①

## 李白

君不见，/ 黄河之水 / 天上 / 来，奔流 / 到海 / 不复 / 回。
君不见，/ 高堂 / 明镜 / 悲白 / 发，朝如 / 青丝 / 暮成 / 雪。
人生 / 得意 / 须尽 / 欢，莫使 / 金樽 / 空对 / 月②。
天生 / 我材 / 必有 / 用，千金 / 散尽 / 还复 / 来。
烹羊 / 宰牛 / 且为 / 乐，会须 / 一饮 / 三百 / 杯。
岑夫子，/ 丹丘生③，/ 将进酒，/ 君莫停。
与君 / 歌一 / 曲，请君 / 为我 / 倾耳 / 听。
钟鼓 / 馔玉 / 不足 / 贵④，但愿 / 长醉 / 不复 / 醒。
古来 / 圣贤 / 皆寂 / 寞⑤，惟有 / 饮者 / 留其 / 名。
陈王 / 昔时 / 宴平 / 乐⑥，斗酒 / 十千 / 恣欢 / 谑。
主人 / 何为 / 言少 / 钱，径须 / 沽取 / 对君 / 酌。
五花马⑦，/ 千金裘，/ 呼儿 / 将出 / 换美 / 酒，与尔 / 同销 / 万古 / 愁。

## 【注释】

① 将进酒：汉乐府一种曲调；将（qiāng），请。

② 金樽：华贵的酒器，樽，古代方形的盛酒器皿。

③ 岑夫子，丹丘生：即岑徵君、元丹丘二人，均为李白的朋友。

④ 钟鼓馔玉：钟鼓，指古代富豪人家宴会上奏乐用的乐器；馔玉，

像玉一样的精美食物。

⑤寂寞：这里指被冷落。

⑥陈王昔时宴平乐：陈王，陈思王曹植；平乐，即平乐寺，故址在今山西境内。

⑦五花马：毛色有五花纹的马匹，甚为名贵。

【吟诵介绍】

这是李白的千古名篇。对于性格豪爽的诗人来说，由于怀才不遇而以酒销愁，饮酒寄托情怀。因此，吟诵的基调应是豪放、高阔，决不可低叹。

全诗起首两句就要置于高音区并放开长吟，以尽显气魄，犹如先声夺人。若有嗓音条件，"天上来"三字之音提高8度，而后"奔流"句由高音下滑。后面"君不见"三句则要降低音调，以对比突出前者，不过这两行诗句要一气呵成，其中"暮"字需带叹息语气。第6句末应停顿片刻，以便转换音调、节奏与气氛。"人生"两句调低之后，"天生"两句又提升音高，要表达出乐观、自信的态度，语速放慢。

"烹羊"两句强调饮酒为乐，故请朋友岑、丹二人进酒不停，并且还为之作歌。这两句为下面过渡，故不必用高音强调，而后"岑夫子"四句音调则要升高，接着两句则宜稍降，不过旋律应以平稳为佳。

"钟鼓"句音调略为升高，以见不屑之态，而"但愿"的语速需慢，该句三个音节均可延长。接着，"古来"两句均宜慢速，其节奏则当前弱后强。至于陈思王，在诗人看来也是留其名的饮者，尤其宴饮平乐寺时，竟然放开斗酒十千，欢声笑语不绝于耳，因而吟这两句要响亮，语速要紧密。

最后五句之中，前两句像提高声音快速说话一样，不必顾及节奏韵律。只有最后三句，"五花马、千金裘"作短速停顿，接着"呼儿"两句均在句中延长有三次，停顿均要延长，而其末句均不延长。

# 望月怀远

## 张九龄

海上／生明／月①，天涯／共此／时②。
情人／怨遥／夜，竟夕／起相／思③。
灭烛／怜光／满④，披衣／觉露／滋⑤。
不堪／盈手／赠⑥，还寝／梦佳／期。

【注释】

① 海上生明月：明月从海上升起。

② 天涯共此时：此时与身在天涯的亲人共享月光。

③ 竟夕起相思：整夜思念而不能眠。

④ 灭烛怜光满：为爱怜满屋的月光而特地熄灭烛光。

⑤ 露滋：夜间披衣去屋外以致露水沾湿衣服；滋，引起。

⑥ 不堪盈手赠：不能把满手的月光送人。

【吟诵介绍】

这首诗把亲情抒写的十分真挚感人，尤其"海上生明月，天涯共此时"两句传诵至今。

诗分两段，前四句为一段，视野开阔，把人类美好的情感作了高度概括；后一段四句则用独特的视角把爱怜转移到月光之上。吟诵时就要把握住这种至爱至亲的情调。

第一段音调要高，尤其首二句，并要保持明亮音色；节奏要紧凑，各句之间不拖长，好似一口气吟完，只是第四句末须延长，以便给下一段转换角度、音调、节奏、语气等等留点时间，尽管只是一拍时值；相反，这四句每个音节除末句音节外，均可适当延长。

第二段节奏要舒缓，每个音节与句末均可适当延长；音调略放低。

# 送杜少府之任蜀州①

## 王勃

城阙／辅三秦，风烟／望五津②。
与君／离别／意，同是／宦游人③。
海内／存知己，天涯／若比邻④。
无为／在歧路⑤，儿女／共沾巾⑥。

【作者简介】

王勃(649-676)：字子安，绛州龙门(今山西省河津县)人。早慧，14岁及第，授朝散郎，曾在沛王府任修撰。初唐时著名诗人，其名作《滕王阁序》传诵千古。

【注释】

① 少府：指县尉，其职责为缉捕盗贼；之任，赴任；蜀州，唐代武则天时设置，这里泛指四川。

② "城阙辅三秦"两句：城阙，指当时京城长安；辅：畿辅，指京城附近拱卫京城的地方；三秦，泛指今陕西一带。风烟，风情；五津，指四川中部岷江有白华津等5个渡口。这两句意思是说，作者当时所在的长安与蜀州相隔遥远，但在长安城头上可望见四川五津风烟，可谓遥而不远。

③ 宦游人：在外做官的人。

④ 比邻：近邻。

⑤ 无为在歧路：无为，这里指不要为；歧路，这里指分手路上。

⑥ 沾巾：流泪。这句意指不要像男女离别那样都流泪。

【吟诵介绍】

　　作为初唐律诗，王勃这首五律已经显得严整，其平仄、押韵、对仗均合律，已受广泛赞誉与引用。

　　这是一首赠别诗，虽然是王勃与朋友之间的远别赠言，但是因为全诗并无一般惜别诗的那种离愁别绪，辗转缠绵，而是恰恰相反，显示出送别者的开阔襟怀与年轻人那种蓬勃朝气。

　　因此，吟诵这首诗亦应用明亮的声调与真挚的情调，决不可低沉与拖沓。再者，在语速上，律诗不像古诗那样自由灵活，因其格律严整，所以无论哪一句、哪一联，该急促的不能过于急促，该延长的不能过于延长，均可取中速则较合理。至于声调，总体上在中音区流转。这是因为它是别离诗，不宜在高音区兴高彩烈地显示，又因诗的情调开朗，自然不可在低音区流连。

# 春望①

## 杜甫

国破/山河在②，城春/草木深③。
感时/花溅泪④，恨别/鸟惊心⑤。
烽火/连三月，家书/抵万金。
白头/搔更短⑥，浑欲/不胜簪⑦。

【注释】

①春望：杜甫这首诗作于长安被安禄山占据那年三月，作者正是被困于京都之时，殷切期望能与家属子女平安团聚，故名"春望"。

②国破：指安史之乱京都沦陷，唐玄宗带领后妃众人仓促离开长安逃亡，国将不国了，而只有山河依旧，不可能被完全毁灭。

③城春草木深：因不少居民逃亡，以致杂草丛生，一片荒芜。

④花溅泪：因感伤时局，无心赏花以致泪水滴在花上，好像花也在洒泪。

⑤鸟惊心：因日夜思念家人，担心受怕，偶然听到鸟鸣也会引起惊怕。

⑥白头搔更短：两句是说因时刻心神不定，似乎白发越搔越稀短，简直到了不能用簪的地步；簪，发簪，古代习俗，成年男子亦须用长簪把冠系在头发上。

【吟诵介绍】

杜甫这首诗叙写因战乱而致家人离散的困苦景况,极为深刻生动。因而千百年来引起相同处境的人们的强烈共鸣与赞誉,故而传诵千古。因此,吟唱本诗决不可用热烈的情调,也不可用慢节奏,押韵处不宜拖长音,当然,亦不必过于急促,语调上要稳重,语速不紧不慢才好。

首句"国破"二字音发中音区,要响亮,而"山"字是重音,要突出。次句"城春"二字可拖长半拍,便紧接下半句,并用感慨的声调。第 2 联两句音调较低,其中第 4 句比之第 3 句,音调略上提,以便顺转本诗核心腹联二句,这两句要响亮,并带感叹口吻。最后两句收尾时,音调又较低,而感叹气息更浓。

# 山居秋暝①

## 王维

空山 / 新雨后,天气 / 晚来秋。
明月 / 松间照,清泉 / 石上流。
竹喧 / 归浣女②,莲动 / 下渔舟。
随意 / 春芳歇,王孙 / 自可留③。

【注释】

① 暝:晚。

② 竹喧归浣女:竹林中见一群洗完衣服的女子说说笑笑地结伴归来。

③ "随意"两句:不必在意春天的消失,游人自可留在这里赏秋景。随意,不在意;王孙,这里指游人。

【吟诵介绍】

这是一首山水诗,全诗写景,且用概括语言,极富典型性。作者把一座空山写活了,新雨、月光、泉水、山下的渔舟和晚归的浣女,这一切不仅跃然纸上,简直是身闻目见,尤其一群洗衣归来的女子,喧喧闹闹似乎从我们的眼前走过,这就是诗意。因此,吟诵的腔调也要带着欣赏的口吻、不紧不慢的语速以及轻松的节奏与韵律。首联两句,总体介绍诗里的情境,点明气候、时间以及当地难得一遇的喜雨,音调要略高,明亮。第二联语速转慢,似乎既要仰视月光,又要俯览泉石,音调略转低。第三联是写动景,犹如身边的事,除音调要明亮一些外,注意节奏要有跳跃性。末联节奏可适当紧速,音调也不必高。说白了,这是因为作者在介绍,至于人家愿不愿意象诗人那样来此赏景就难说了。

# 汉江临眺

## 王维

楚塞/三湘/接①,荆门/九派/通②。
江流/天地/外,山色/有无/中。
郡邑/浮前/浦③,波澜/动远/空。
襄阳/好风/日④,留醉/与山/翁⑤。

【注释】

① 楚塞三湘接:楚,汉江中下游一带战国时属楚国,故称;塞,边界险要之处;三湘,指潇湘、漓湘、蒸湘之总称,均在湖南境内流入湘江,经洞庭湖,入长江,自然与汉江连通。

② 荆门九派通:荆门,即今湖北省荆门市;九派通,指汉江及其多条支流经荆门一带汇入长江;九,古时虚指多数为九,非实数。

③ 郡邑浮前浦:郡邑即郡县,古时辖区及级别较小而低的行政区域;浦,水边;这句是说,远望前面,城郭好像浮在水边。

④ 襄阳好风日:襄阳,古代名城,在湖北北部,临汉江;风日,风景。

⑤ 山翁:指晋代山简,曾镇守襄阳,喜饮酒,常醉。

【吟诵介绍】

王维这首专写汉江景色的五言律诗,与绝大多数五律一样,对仗工整,平仄协调。不过,格律严整并不等于一律,即便吟诵时,由于吟诵者的再创造,听起来也会小有所异。就以本首与前一首《望月怀远》相比,都是大家吐翠,千古佳酿,而且1-2句与5-6句的音调、节奏均相同,但3-4句则有区别。前诗"情人"二字低音,而"怨"字突升,至"遥夜"又下滑直至"相思"句,便在低音区滑行,而本诗"江流……有无中"两句始终在高音区流动。此例足见一斑。

# 黄鹤楼①

## 崔颢

昔人/已乘//黄鹤/去②，此地/空余//黄鹤/楼。
黄鹤/一去//不复/返，白云/千载//空悠/悠。
晴川/历历//汉阳/树③，芳草/萋萋//鹦鹉/洲④。
日暮/乡关//何处是⑤？烟波/江上//使人/愁。

【注释】

①黄鹤楼：始建于三国时期吴国黄武二年，故址在今湖北武昌长江边黄鹄矶，现今黄鹤楼作为武汉市旅游景点是新建的，较富丽堂皇。

②昔人：指传说中的仙人。

③晴川：晴日长江；历历，分明的样子；汉阳，为今武汉三镇之一，这一句意思是说晴天可以清楚地看到汉阳一带的景物。

④萋萋：草木茂盛；鹦鹉洲，故址在汉阳长江中、黄鹤楼对面，后被江水浸没。这句是说芳草茂密掩盖了鹦鹉洲。

⑤乡关：家乡。

【吟诵介绍】

崔颢这首诗为历来所推崇。上半首怀古，下半首思乡；上半首虚写，下半首写实。因而上半首所写的是虚空的情境，它只不过是作者在空余的黄鹤楼引起怀古的因子，这只是一种虚的物是人非的感觉。

然而，由此联想到"日暮乡关何处是"的时候，那也许真正是"物是人非"的现实了，这自然使得作者忧愁起来。这可以是说本诗的精髓。

所以，吟诵这首诗也要本着前虚后实的境况，安排节奏，设计韵律，确定声调。

首句是点题之言，要响亮一些，中速，第二音节可适当延长；第二句音调总体轻于首句。第三句声调由低逐渐提高，而第四句则由中高逐渐降低。

下半首回到现实，故第五句声调要高，比之前句"悠悠"可以突高8度，节奏略紧；第六句音调虽较前句略低，但这两句均为全诗最高音，因为这是写实，要描绘黄鹤楼一带的美好景色。不过正因如此，难免触动了作者的乡愁，这或许又是一场"物是人非"的境遇，所以第七句音调略较低，最后"烟波江上"两个音节的音调升到中音区，而末三字下降到低音区，语速转慢，但"愁"字半拍可停，不要过于拖长。

# 登高
## 杜甫

风急 / 天高 // 猿啸 / 哀，渚清 / 沙白 // 鸟飞 / 回①。
无边 / 落木 // 萧萧 / 下，不尽 / 长江 // 滚滚 / 来。
万里 / 悲秋 // 常作 / 客②，百年 / 多病 // 独登 / 台③。
艰难 / 苦恨 // 繁霜 / 鬓，潦倒 / 新停 // 浊酒 / 杯④。

【注释】

① 渚清沙白鸟飞回：渚，水中小洲；回，盘旋。

② 客：这里指无奈而漂泊异乡的人。

③ 独登台：孤独地登上高台观望。

④ 潦倒新停浊酒杯：潦倒，穷愁苦恨之极；浊酒，价贱质差的酒。

【吟诵介绍】

杜甫诗风朴实、醇厚，因而吟诵风格亦要相应沉稳。

这是一首工整的七言律诗，三、四句颔联对仗尤为气派。但由于诗人写这首诗时穷愁多病，心情悲凉，因而吟诵的音调略为低沉，不宜高调响亮；节奏稳慢，亦不宜急促。

首句即为秋意起兴，却也略带一丝悲凉。故起吟音调可略高，而句末两个音节稍带一点悲凉，句末宜延长1拍，而从第二句起音调逐渐下滑，直至第7句。

颔联两句音调转低，音速较慢，并用慨叹语气表达无奈之秋。其中"无边"二字系前后情调过渡，可用低音延长1拍，至于"滚滚来"两音节则宜用轻声而不要大声。

　　诗下半首由景转向人情世态。颈联两句亦见工整对仗，但比之颔联更显悲沉，吟诵音调更低一些，上句强调"常作客"，句末停顿不拖音，下句突出"多病"，音略高，后面三字立即略轻、略低，但口齿须清楚，再延长半至1拍。

　　尾联是对自己眼前处境的悲叹，吟诵调子自然是低沉的，但绝不可流露无望的语态，语速也不宜拖沓。第7句末不要延长，仅仅最终"浊酒杯"三字语速放慢且略可延长，这是因为杜甫此刻对自己生命、家庭生活以至国家（朝廷）还是抱有希望的。

# 钱塘湖春行①

## 白居易

孤山/寺北//・贾亭/西②,水面/初平//・云脚/低③。
几处/早莺//争暖/树,谁家/新燕//・啄春/泥。
・乱花/渐欲//迷人/眼④,浅草/才能//・没马/蹄⑤。
・最爱/湖东//行不/足⑥,绿杨/荫里//白沙/堤⑦。

【注释】

① 钱塘湖春行：钱塘湖即杭州西湖；春行，春游。

② 孤山寺北贾亭西：孤山，西湖北部湖中的小石山；南北朝陈代时，山上曾建有寺庙，后废圮；唐时杭州刺史贾全曾于寺北处建亭，故名贾亭，后亦废圮。

③ 云脚：指云层低的部分，意思是说阴云低低地笼罩在湖上。

④ 迷人眼：使人眼花缭乱。

⑤ 没马蹄：没，掩没，意思是说杂草把马蹄掩没了。

⑥ 最爱湖东行不足：湖东，西湖东部；行不足，游兴难尽。

⑦ 白沙堤：即今之白堤。诗人任杭州刺史时，曾主持疏浚治理西湖，用湖泥筑白沙堤，连接孤山与断桥，方便交通，又改善农田水利。

【吟诵介绍】

诗人是以赞赏的眼光描绘西湖的湖光山色，读者亦应以悦赏的语调吟诵本诗。所以，节奏要轻快但却稍缓；音调在中音区滑行，高低、强弱差别不宜过大。

诗人在首句先确定视角（诗人就是站在贾亭里俯览西湖的），故首句音调宜高，音色要明亮；第 2 句处同一音区，但比首句稍低，韵律亦略显波浪形，即 1 与 3 两个音节的音调略比第 2 与第 4 个音节高一点。

颔联两句是诗人从远处看，故比首联音调低。其中第 4 句又比前一句略低。颈联是写诗人自己的体验，音阶要提升几度，吟出兴奋的情调并保持到全诗结束。

尾联是说诗人最喜欢的景点就在西湖东部的白堤，故第 7 句应是全诗的最亮点，而末句乃是补充说明。这样，第 7 句要同首句一样，用高的音调与明亮的音色，似乎还能听出一点笑语声音，而末句只能以略低的音调、缓缓地语速吟唱，以示补充。

# 咸阳城东楼①

## 许浑②

一上/高城//万里/愁，蒹葭/杨柳//似汀/洲③。
溪云/初起//日沉/阁④，山雨/欲来//风满/楼。
鸟下/绿芜//秦苑/夕，蝉鸣/黄叶//汉宫/秋⑤。
行人/莫问//当年事，故国/东来//渭水/流。

【注释】

①咸阳：秦代都城，在今陕西省咸阳市东北，渭水北岸，秦末被项羽攻破，遭大火焚烧。

②许浑：字用晦，生卒年不详，唐代润州丹阳（今江苏省丹阳市）人，大和六年进士，累官郢州刺史，擅长律诗。

③蒹葭：芦荻；汀州，水中小岛。这句侧写荒凉貌。

④溪云：城南磻溪一带的乌云；日沉阁，指夕阳沉入城西慈福寺阁楼后面了。

⑤绿芜：野草丛生；秦苑，秦宫室花园；汉宫，汉初沿用秦宫，亦以咸阳为都城。这两句是概括描写咸阳故宫荒废后的凄凉景象。

【吟诵介绍】

这首诗写作者秋夕登咸阳城楼远眺所见的荒凉景象，从而引起世事浩茫、逝者如斯的感叹。诗歌意境广阔，格律工整，"山雨欲来风满楼"

一句原意写景，但历来人们以为暗喻，故多有引用。

　　全诗要带着感叹声调吟唱。上半首因意境开阔，音调要明亮，音阶略高，尤其首句调子均高于全诗各句，以收先声夺人之效。次句音调略降，节奏放慢，每个音节均可略略延长，而"汀州"二字降至低音。第3句第四个音节由低（"溪云"与"汀州"同处一个低音区）逐渐升高至中音区；第4句开头两个音节仍保持在中音区，音调明亮。

　　下半首感叹成分增加，音调不宜高，节奏也不宜拖长。第5句除"秦苑"二字音略高外，其余均置于低音区，第6句音略高于第5句，其中"汉宫秋"两个音节的音调逐渐降至低音区。第7-8两句吟法与第5-6句相同。

# 无题

## 李商隐

相见 / 时难 // 别亦 / 难，东风 / 无力 // 百花 / 残。
春蚕 / 到死 // 丝方 / 尽，蜡炬 / 成灰 // 泪始 / 干①。
晓镜 / 但愁 // 云鬓 / 改，夜吟 / 应觉 // 月光 / 寒。
蓬山 / 此去 // 无多 / 路②，青鸟 / 殷勤 // 为探 / 看③。

【注释】

① 泪：指烛泪。
② 蓬山：传说东海中的神山。
③ 青鸟：古称传信的使者为青鸟。

【吟诵介绍】

这是一首古今传诵的爱情名篇，人们称之为用血泪写就的，感动了无数的青年男女，尤其是颔联对句。可以说句句见泪，但全诗情调高洁而不低沉，因而吟诵的基调亦应如此。

为了突出久别重逢而又别离之难，起句开头四字并为一个音节且延长1拍，第2音节亦延长，句末"难"字念重音并停顿，全句除2次延长外，语速紧凑。第2句音节划分与节奏安排均与首句同，只是句末稍延长，两句音调均高。

颔联对仗是经典性的，因此，两句音节划分与节奏安排以及重音都一样，只是由于气氛的需要，音阶安排上，"春蚕"句由低到高，"蜡炬"句则由高到低，句末并延长一拍。

颈联也是对仗句，音节划分与节奏安排以及重音都与三、四句一样，也是上句由低到高，"改"字停顿，下句亦是由高到低，"寒"字延长。

虽然幸福之路遭遇严重阻挡，但对于忠贞爱情执着追求与坚定信念的人来说，在尾联中，幸福并非遥远无期。所以，尾联的音调尽管带点凄凉，但要比前几联明亮、信心并上扬，音阶亦略调高几度，节奏稳慢且轻快，两句末均延长。

# 春晓

## 孟浩然

春眠 / 不觉 / 晓，处处 / 闻啼 / 鸟。
夜来 / 风雨 / 声，花落 / 知多 / 少。

【吟诵介绍】

这是一首惜春小诗，语言浅显却琅琅上口，可说是家喻户晓的。四句诗似乎信手拈来，轻松活泼，因而吟诵的基调亦相应轻快、活泼、风趣；节奏不必紧促，中慢速均可，每句三个音节，可略延长半拍至1拍；念时要做到抑扬顿挫，才不至于单调。

起始句"春眠"音节定调可略高，但不必高音，后两个音节处在同一个音阶。第2句两个"处"字先定调中音，念完前一个"处"字，便下滑又随即上扬至高音区，呈"V"形；后三字在中音区念。

下半首是诗的第二个层次，诗人转以惜春之心，惦念花朵每遇风雨便飘落。所以，当上述第二句念完后，略停换气以便转换情态，接着以低8度念第三句"夜来"，而后三字又略提高几度，直至末句"多少"二字其音调才回落，不过要用疑问语气念。

# 静夜思
## 李白

床前 / 明月 / 光,疑是 / 地上 / 霜。
举头 / 望明 / 月,低头 / 思故 / 乡。

【吟诵介绍】

李白《静夜思》是借明月而写乡愁的,亦是妇孺皆知的诗。诗的情调并不低沉,所以吟诵的语气不必慢,要带点凝思的语气,同时要流畅。音调要定在中音区,音色明亮却不必响亮。

首句"明月"尤其"月"字在延长半拍时最好带点滑音,音色亮丽。第二句"疑是"两句的念法与上一首《春晓》第二句"处处"二字念法相同。第三句"举"字念高音并延长,以示突出,"头"字音则略低,"明月"拖长却不降低。末句"低头"二字音要降低、慢速,最后三字字音下滑并延长。

# 登鹳雀楼

## 王之涣

白日 / 依山 / 尽，黄河 / 入海 / 流。
欲穷 / 千里 / 目①，更上 / 一层 / 楼。

【注释】

① 欲穷千里目：穷，尽；目，眼睛；意思是说，想要望尽遥远之处，那得更要登上一层楼台。

【吟诵介绍】

本诗视野极为开阔，意境壮美，寓意深邃，故为千古名诗。吟诵时亦要广阔的视野、磅礴的大气、响亮的音喉、徐缓的节奏相和之。

起始句即置于高音区，慢速，每个音节要延长。次句以同样慢速、音调略微下滑，其间"入"字吊一下。第三句"欲穷"二字音调又上扬，而"千里目"三字上升一个音区，与末句"更"字音调对接，然后四字慢速下滑到原来的音区延长 1-2 拍结束。

# 江雪

## 柳宗元

千山 / 鸟飞 / 绝①，万径 / 人踪 / 灭②。
孤舟 / 蓑笠 / 翁，独钓 / 寒江 / 雪。

【注释】

① 绝：断绝、绝尽。
② 万径人踪灭：径，小路；踪，足迹；灭，消失。

【吟诵介绍】

柳宗元这一首五言绝句所描绘的渔翁在雪天江边独钓的景象，气氛极为寂静，画面十分冷僻。其审美特性属于冷艳之类。因而吟诵时不能产生热切的气氛；再由于诗押仄声韵，句末不宜拖长，但句中（第一音节后）可以适当延长。音调高低均要适可，却不宜用高音。

首句"千山"置于中音区，略可响亮，以示突出；"鸟飞"音又略高于"千山"。第2句"万径"二字音调可降下8度，然后三字音调依次提升。这样，两句音调就有层次感了。第3句在中低音区之间用同一音阶吟唱，而末句"独钓"二字音节突升，以示突出；后三字音调降低，与首句"千山"相比，可低8度。

# 九月九日忆山东兄弟①

## 王维

独在异乡//为异/客,每逢佳节//倍思/亲。
遥知/兄弟//登高处,遍插/茱萸//少一人②。

【注释】

①九月九日忆山东兄弟:九月九日,农历该日为重九,即重阳节,古代历来有登高习俗。诗人此日亦登高遥念兄弟。山东,指华山以东而非今之山东省一带,当时诗人兄弟一家在蒲州(今山西永济),而诗人独在长安,故称异乡之异客。

②遍插茱萸(zhū yú)少一人:茱萸,亦称山茱萸、吴茱萸,落叶小乔木,花黄色,果实枣红色,可入药。古时风俗,重阳节采茱萸插头上,以避邪秽。少一人,指缺自己,故感慨不能团聚。

【吟诵介绍】

本诗主题为"倍思亲",其深层意义实为表达中华民族大家庭所无法忘怀的桑梓深情,因而吟诵要有亲切感、醇厚感。

前两句音节划分可作适当调整,即每句前四字多划为一个音节,连读;第五、六两字各划为一个音节,第七字单独一个音节。中速,前句音调稍高,后句则略低。

后两句各亦划分3个音节:"二二一";语速均较缓;旋律上将后两句合成一起,由低到高,再转低。

# 初春小雨
## 韩愈

天街 / 小雨 // 润如 / 酥①，草色 / 遥看 // 近却 / 无②。

最是 / 一年 // 春好 / 处，绝胜 / 烟柳 // 满皇 / 都③。

【注释】

① 天街：京都街市；酥，柔软。

② 草色遥看近却无：指初春雨后刚萌芽的嫩草，远看一片似绿色，而近看一棵一丛则不那么绿了，故谓。

③ 绝胜烟柳满皇都：绝胜，绝，极；胜，优美；烟柳，柳丝绵长随风而舞有如烟雾笼罩；皇都，皇宫所在的城市。

【吟诵介绍】

这一首写景的七言绝句在大家韩愈笔下写得那么轻快，如信口所拈，而欣喜之情又跃然纸上。与此相应，读者亦应以轻快的节奏，欣喜的情调去吟诵。语速不可迟缓、拖沓，各句末尽管押平声韵却不必拖长。

具体说，首句音调要明快，"天街"二字音阶可高一点；第二句音调可适当降低；第三句"最是"二字音要升高，末句四个音节的音调可按"高－中－低－中"安排吟唱。

# 芙蓉楼送辛渐①

## 王昌龄

寒雨/连江//夜入吴,平明/送客//楚山孤②。
洛阳/亲友//如相问③,一片/冰心//在玉壶④。

【注释】

① 芙蓉楼:在润州城西北角,临长江;润州即今江苏镇江市。

② 平明送客楚山孤:平明,天微明;楚山,楚与前句之"吴"同指润州之地,古代该地因历史更替而属吴,或属楚。

③ 洛阳:因辛渐要去洛阳。

④ 一片冰心在玉壶:冰心、玉壶均比喻诗人自己心地清明、洁净。

【吟诵介绍】

按照本诗的主题与诗意,吟诵的调子应平和、亲切,自然不可大起大落,却也要避免平板,语速亦当缓缓。

音调上,总体说一、四句较高,二、三句略低。节奏上,每句单数音节为强拍,并略延长;双数音节为弱拍,停顿短;除末句结束要适当延长外,其余三句均不延长。情态上,一、二句平静;三、四句亲和、自信。

# 送孟浩然之广陵①

## 李白

故人西辞 // 黄鹤 / 楼②，烟花三月 // 下扬州。
孤帆 / 远影 // 碧空尽，唯见 / 长江 // 天际流。

【注释】

① 广陵：即今江苏扬州市。

② 故人西辞黄鹤楼：故人，老朋友，指孟浩然；西辞，辞西，因扬州在东面；黄鹤楼，始建于三国时期，历来是名楼胜地，故址在原鄂州城西（今武汉市武昌）长江边黄鹄（hú）矶上，因而得名，亦有数传说仙人在此乘黄鹤而去，后颓圮，今在武昌临江之蛇山上重建巍峨新楼。

【吟诵介绍】

这一首虽系别离诗，却因孟浩然是去扬州漫游的，因而不至于伤感，况且又在阳春三月烂漫时节，故全诗充满诗情画意。所以，吟诵时不必拘泥于离别这个主题，而要用亮丽的音调、兴致勃勃的情态去赏悦诗所描绘的景色与意境。

这样，就要用高音、慢速度尽情地吟唱。第1、2两句可同音同调、高音，每个音节可略长略短地延长。第3句前两个音节的音调宜下滑几度，而三、四音节又提升到高音区，与末句相衔，并同1-2句保持同样高度的音调。

# 绝句

## 杜甫

两个/黄鹂//鸣翠/柳①,一行/白鹭//上青/天。
窗含//西岭/千秋/雪②,门泊/东吴//万里/船③。

【注释】

① 鸣翠柳:黄鹂鸟在柳树上清脆地叫着。

② 窗含西岭千秋雪:作者此时住在四川成都西郊的杜甫草堂,临窗眺望西岭(指岷山一段,因在成都之西,故谓;现今称西岭雪山)的终年积雪。

③ 门泊东吴万里船:泊,停靠;东吴,三国时吴国在东部,惯称东吴,这里泛指长江中下游,距成都有万里之远,而草堂门前有浣花溪,古时可通航,故有船舶可经各水道至长江,到达中下游各地。

【吟诵介绍】

这首诗是写杜甫草堂及其周围景色的,画面开阔,色彩明丽,对仗工整,按照句句所写,甚至可以描绘出一幅完整的风景画,如远山近水,天地鸣禽,并配置了几种鲜明、和谐的色彩。

吟诵这首诗的节奏与前韩愈《初春小雨》不同,要舒缓一些,带着欣赏的眼光,好像一边看一边随口吟唱。每一句第二音节除"西岭"外与句末均延长。在音调上,第一、四句要高一些,二、三句则略降。

# 滁州西涧①
## 韦应物

独怜/幽草//涧边/生②，上有/黄鹂//深树/鸣③。
春潮/带雨//晚来/急，野渡/无人//舟自/横④。

【注释】

① 滁州：在今安徽省滁县；西涧，在滁县城西；涧，山间小溪。
② 独怜：只爱；怜，可爱。
③ 深树：高大茂密的树。
④ 野渡：人烟稀少的渡口，故而有船而无渡工。

【吟诵介绍】

诗中的景物虽然平常，但经作者巧妙剪辑组合，便构成一幅意境深幽的图画，尤其写景的绝句更是一种清新耐读的小诗，韦应物这首小诗正是这样。其节奏舒缓、音调高低错落，可与前一首杜甫《绝句》一样地吟诵。

# 枫桥夜泊①

## 张继

月落 / 乌啼 // 霜满 / 天，江枫 / 渔火 // 对愁 / 眠②。
姑苏 / 城外 // 寒山 / 寺③，夜半 / 钟声 // 到客 / 船。

【注释】

① 枫桥：在今江苏苏州市西郊，横跨宽阔的京杭大运河。

② 江枫：江边的枫树，实际上是大运河边上的树。

③ 姑苏城外寒山寺：姑苏，苏州的别称；寒山寺，在今苏州市西郊枫桥附近，据传唐代高僧寒山一度在此住持因而得名。

【吟诵介绍】

本诗主题是写乡愁的，但基调并不低沉，只是前半首意境有些凄凉。

第一、二句音调可略高，以引起注意。首句前两个音节稍高，后两个音节则下滑与"江枫"对接，而"渔火"两字音上扬，可与"乌啼"同音阶；"对愁眠"与"霜满天"同音阶。

下半首，第3句由低到高，第4句由高到低。"姑苏"两字比"月落"两字可低8度，"寒山寺"三字提升到中音区，而"城外"两字音高则在头尾音节之间居中，至于第4句各音节之音高则与第3句相反。

# 乌衣巷①

## 刘禹锡

朱雀/桥边//野草/花②,乌衣/巷口//夕阳/斜。
旧时/王谢//堂前/燕③,飞入/寻常//百姓/家。

【注释】

① 乌衣巷:江苏南京市区一条历史街巷,在秦淮河南,离夫子庙不远,三国吴时为"乌衣营"所在地,该营士兵皆穿乌衣而得名。

② 朱雀桥:横跨秦淮河,与乌衣巷相近。

③ 王谢:指东晋豪族王导、谢安等家,当时皆居乌衣巷。这两句是说,沧桑巨变,原来王谢豪宅的主人已换成平民百姓了。

【吟诵介绍】

这是一首说史诗,因而吟诵要平实,见物说物,遇事说事,无论语调、音色、表情都不加修饰,甚至每句末一般只是停顿,仅仅末句结束时稍可延长。节奏、旋律亦较平实,不大起大落;音调不宜高,语速亦不宜快。

就前后句比较而言,第一、二两句音调略高,其后"斜"字读"xiǎ"音,第三声后两句则略低。虽然句末不延长,但句中音节之间则可延长,其延长的音调连同每个音节的字音,需要一定的表现力,以表示特定的含意,因为声音本身是有表现力的。

与一般诗歌的节奏不同,这首诗每个句子的音节,凡双数的为强拍,并有重音字;而单数音节则为弱拍。

# 泊秦淮①

## 杜牧

烟笼/寒水//月笼/沙②，夜泊/秦淮//近酒/家③。
商女/不知//亡国/恨④，隔江/犹唱//《后庭花》⑤。

【注释】

①秦淮：即秦淮河，源于江苏南部境内，流经南京市区入长江。相传秦时凿钟山以疏淮水，故名。该河南京段两岸一向为娱乐场所，歌楼妓馆集中。

②烟笼寒水月笼沙：迷茫的烟雾与朦胧的月光笼罩在寒冷的江水与滩地上。沙，此指水中的滩地。

③夜泊秦淮近酒家：秦淮河两岸许多商家为揽客，其建筑前后两面，一头临街，另一头则临河，可停泊小船，以便把客人送至店家。

④商女：这里指卖唱的歌女。这些年轻幼稚无知的歌女怎知亡国的悲恨。亡国，指南朝陈朝京都金陵（南京）被隋将攻破而亡。

⑤《后庭花》：即《玉树后庭花》，乐府歌曲名。陈朝末代皇帝陈后主叔宝作新词，与后妃宫女日夜寻欢作乐，不理国事，以致很快灭亡，后人便视《玉树后庭花》为亡国之音。

【吟诵介绍】

这首诗作者看似在说年轻的歌女不懂世事，实则矛头指向上层社会一些腐败者只顾自己沉湎于纸醉金迷的生活，以达到借古讽今的目的。诗中多有感慨语气，吟诵时要注意表达。全诗音调不宜高昂，节奏可以舒缓，总体上置于中低音区。

# 寄扬州韩绰判官
## 杜牧

青山/隐隐//水迢/迢①，秋尽/江南//草木/凋。
二十/四桥//明月/夜②，玉人/何处//教吹/箫③？

【注释】

① 迢迢：遥远的样子。

② 二十四桥：江南水网交错，自然桥多。至于扬州城内二十四桥，说法不一，有说隋唐时以街坊名之，宋人沈括《梦溪笔谈·补笔谈》曾记其二十四座桥之桥名；清人李斗《扬州画舫录》记为吴家之砖桥。

③ 玉人何处教吹箫：玉人，美人；教（jiào），使用。

【吟诵介绍】

这是一首怀念诗，明里是怀念时在扬州的朋友韩绰，其实骨子里是在怀恋自己当年在扬州生活的难忘场景。这一点在诗的下半首不难看出。怀念是遥远的，无论空间还是时间乃或是心间。据此，吟诵的节奏也应是缓慢的而不拖沓，好似一边回忆一边说。节奏不仅要缓慢，还要有轻重、强弱间隔变化的配合，同时，音调中还应带些亲切感。

按照山远水近的原理以及单数音节为强拍、双数音节为弱拍的规则，首句，"青山"二字音调略高、略强，"隐隐"二字则弱、轻并轻轻地延长，"水迢迢"三字由重音、强拍滑向轻音并延长。第二句总

体略轻，其中1、3音节略重，2、4音节略轻并延长，诗人所偏爱的江南，连一草一木之兴衰亦值得怀念，自然要抒情一点

除了上半首怀念江南景物外，下半首转向怀恋人情，自然更要有亲切感与柔情感。第3、4句总体上比上半首轻柔。第3句第1个音节略强并延长，第2个音节略轻且不延长，紧接"明月"二字较强，亦不延长，直到句末停顿，以示强调，这一句叫"紧缩"，从而让第4句"放开"，每个音节及句末均延长，当然句中音节仍有强弱、高低之别。

# 夜雨寄北①

## 李商隐

君问／归期／／未有／期②，巴山／夜雨／／涨秋／池③。
何当／共剪／／西窗／烛，却话／巴山／／夜雨／时④。

【注释】

① 夜雨寄北：这首诗是作者在巴山(今属重庆市)时为回答妻子之问而写的，当时妻子在北，他在南。

② 君：对妻子的尊称。

③ 巴山夜雨涨秋池：巴山，大巴山简称，亦指大巴山所在一带，即今与陕西、湖北、湖南交界、自北向南并延伸重庆境内的地区。巴山夜雨，系巴山地区独特的气候现象，每逢夏秋之交，夜晚多雨。因而诗人描述秋雨令当地池塘涨水之事。

④ 何当：什么时候；这句是说，夫妻俩什么时候团聚时在西房一边共剪烛花，一边笑谈在巴山生活的有趣话题。其实这两句是作者的想象罢了。

【吟诵介绍】

这首诗寄托了诗人对妻子的深情思念。因而预设了将来回家与妻子团聚时乃至夜谈的情景。所以吟诵时亦要带点情感。

首句中音，第一音节两字音高为：高—中；第二音节为高—高；

第三四音节为：中—高—高。第二句前两个音节的音高分别为中—高—高—中；后三字为低—中—低。这两句节奏为中速，第二句末略拖长。

第三句第一音节为低—低，并延长；而后逐渐升高为：低—低；中—中—中，不延长。第四句前二音节四字为：低—低—中—中；后三字均低音，这两句节奏中速。

# 渭城曲①

## 王维

渭城 / ·朝雨 // 浥轻 / 尘·②，客舍 / ·青青 // 柳色 / 新·。
劝君 / ·更尽 // 一杯 / 酒，西出 / 阳关 // 无故 / ·人③。

【注释】

①渭城曲：又名《阳关曲》，乐府诗，史上曾被谱曲流行。渭城，秦时置县，名咸阳，汉改名渭城，在今陕西咸阳市东北，渭水北岸。

②浥清尘：浥（yì），湿；浥清尘，是说清晨的雨水使尘土湿润。

③阳关：古代通西域的要道，汉置关隘，遗址在今甘肃敦煌市西南，并留有颓残的烽燧台。

【吟诵介绍】

这是一首送别诗，而且送别的友人是去关外安西的（即今新疆库车），沿途荒凉，难耐清寂。但诗的情调并不悲凉，而浓郁的是真挚的友情。因此，这首诗不宜用高音吟，而可用中音、慢速，每个音节均可适当延长。至于节拍的强弱、轻重，则与前面《乌衣巷》诗的节奏相同，即每句双数音节为强拍。

不过，最重要的是吟出亲情，每个字、每个句子都要吟出亲切感。当然，每一句的情调也是有细微差别的。首句略显轻快，以凝造诗意与气氛，减少乃至掩盖别离的郁闷。次句转向周围环境，目的如上，以求气氛的温暖。

关键是下半首。第3句直示主题,字里行间表情亲切而自然。为此,音调降低,语速放慢,音色柔和,"一杯酒"三字音中稍带点颤音,而且句末的延长声中,把关怀、挚情、暖意的情绪都掺和进去。末句是对第3句的补充,道明劝酒的原因是怕友人在阳关外的孤寂乃至寥落。因此,"西出"二字竟可以延长2拍以上,而"阳关"音节要停顿,以给人造成"西出阳关之后怎么样"的感觉,接着回答是"无故人",这两个音节除延长外,音调中还要透露出一丝无奈与沉重的感觉,当然其中关切是主要的,是要突出表露的。

# 出塞①

## 王之涣

黄河／远上／／白云／间，一片／孤城／／万仞／山②。
羌笛／何须／／怨杨／柳③，春风／不度／／玉门／关④。

【注释】

①《出塞》：本诗的诗题；又题作《凉州词》，乃唐代乐府曲名。

②一片孤城万仞山：孤城，指玉门关，参见前李白"关山月"诗注释；万仞，古代8尺为1仞，万仞形容极高。

③杨柳：这里指乐府《折杨柳枝》曲，古人常有横笛吹"杨柳"曲，叹别离之苦者，这里意思是说春风既然吹不到玉门关，又何必用《杨柳》之笛声抱怨呢。

④不度：度（duó），作进入、到解释。

【吟诵介绍】

人说这是一首别离诗，诚然如是，但明显的是被诗句字面意思所掩盖。诗人在诗里为读者精确地概括了当时大西北一派僻远、肃杀、凄凉的景象，以至诗中的字眼也被冷气所凝结了，这是上半首。下半首转写人们的感受同样如是，既然春风吹不到作为通边枢纽、阳关大道的玉门关，又何必这样无望的吹奏呢？这是诗人塑造的意境，但对于吟诵者只能依据诗意而真实地通过字词句段的领会进行再创造。

所以，全诗的意境应当说是高远、孤寂、荒凉，以及由此引发同情与关切的情态。这样，节奏则须缓慢而不可拖沓；音调可略高但要清远、悠扬，好像声音是从远处飘然过来的。

上半首可以用高音、轻声吟，第2句末"万仞山"宜用叹声吟出韵味来。下半首音调要低几度，第3句"何须怨"三字念出无奈的声态，末句"不度"二字更明显地流露出无奈而叹息的语气。然而，总体来说不可有低沉的气息。

# 菩萨蛮①

## 李白

平林/漠漠/烟如织②,寒山/一带/伤心/碧。暝色/入高/楼③,有人/楼上/愁④。　玉阶/空伫/立⑤,宿鸟/归飞/急。何处/是归/程?长亭/更短/亭⑥。

【注释】

① 菩萨蛮:词牌名,亦即曲调名,它与内容无关。

② 平林漠漠烟如织:平原上树林密密的,农家炊烟袅袅交织为网;漠漠,密布。

③ 暝色:夜色。

④ 有人:指高楼上引起乡愁的旅人。

⑤ 玉阶:石阶的美称。

⑥ 长亭更短亭:亭,古时设在交通大道旁的亭舍,供旅客歇宿或饯别之用,每隔十里设一亭的称长亭,隔五里设一亭的叫短亭;更,经过;这一句是说回家要经过间隔长长短短许多驿亭的旅程。

【吟诵介绍】

虽然词的吟诵比较难了一些,但作为唐代新兴的一种诗歌体,词一诞生也就带有诗歌尤其律诗绝句的许多基因。象这一首词,可以说是五、七言诗句的组合,所以词也称作"长短句"。既然如此,我们何不用吟诵五、七言诗的音调也来一个组合，用以吟唱这一首词呢？再者，这首词是仄声韵与平声韵交叉组合，而仄声韵短促，平声韵舒缓，这样一来，词的音韵也就交错多采了，吟诵时要注意这一点。

这首词是写乡愁的，家乡又是在重重山水阻隔的远方，这样的情境是不宜用高亢热烈的音调的，只能定调在中音区，音量亦要略小，听起来才有轻远感。

首句音调平稳，节奏徐缓，第2、4音节延长。这一句重点在"烟如织"三字，因为看到当地农舍众多便引起思乡之愁，因而用慨叹语调吟唱。第二句乡愁又甚，故音调可提升一些，"伤心碧"三字念慢一点，"碧"字虽是仄声韵，但也可以略加延长。第3、4句音调可以提高几度，以显示主题。以上是词的上阕，结束时须停顿1-2拍。

下半首的音调，第5、6句与第7、8句分别接近第1、2句与3、4句，不过末句三个音节均要延长，音调逐渐下滑，以求吟出韵味。

# 渔歌子

## 张志和

西塞山前/白鹭/飞①,桃花流水/鳜鱼/肥②。　青/箬笠③,绿/蓑衣④,斜风/细雨/不须归⑤。

【注释】

① 西塞山:在今浙江湖州市西,当地风景名胜。

② 鳜(guì)鱼:俗名桂鱼,我国名贵淡水鱼,肉鲜嫩。

③ 青箬笠:俗称斗笠,南方多雨,故历来用裹粽子的青箬竹的叶或笋壳编成有边沿的圆形雨帽。

④ 蓑衣:用棕榈树毛编成的雨披。

⑤ 不须归:不必回去;须,必要。

【吟诵介绍】

张志和的《渔歌子》一词颇具民歌风,用词通俗,词句流畅,不带书生气。第1、2、5句用整齐的律句填词,中间插入两个亦整齐的三字句,使节奏跳宕、活泼,通篇用的是白描手法,充满生活气息。所以,吟诵的语气语调要轻快、活泼,各音节最好能跳动着念。为此,第1、2、5句前4个字均可并成一个音节并略拖长,其目的不仅制造轻快、跳动感觉,还可引起对画面情境的注意,至于每句平声韵脚,自然要长吟。

# 忆江南（3首）①
## 白居易

江南/好，风景/旧曾/谙②。日出/江花/红胜/火③，春来/江水/绿如/蓝。能/不忆/江南？

江南/忆，最忆/是杭/州。山寺/月中/寻桂子④，郡亭/枕上/看潮/头⑤。何日/更重/游！

江南/忆，其次/忆吴宫⑥。吴酒/一杯/春竹/叶⑦，吴娃/双舞/醉芙蓉⑧。早晚/复相/逢！

【注释】

①忆江南：词牌名，又名《望江南》；江南，历来指以苏州、杭州为代表的长江三角洲一带，因风景秀丽、物产富庶、经济发达、交通便利而得名。

②旧曾(céng)谙(ān)：以前曾经熟悉。

③日出江花红胜火：朝阳映照在水面上，江水呈殷红色好像火焰一样；江，指钱塘江。

④桂子：桂花别称，杭州历史上有广种桂花的传统；今为杭州市花。

⑤郡亭：古代郡县城郭附近所建的亭舍，这里指建在杭州钱塘江边上的亭舍，可供旅客歇住或相聚，作者言之卧枕可观钱塘江大潮。

⑥吴宫：吴，历来指以苏州为核心的江苏南部一带地域；吴宫，

建造在苏州的宫殿。

⑦春竹叶：酒名，指"竹叶青"酒。

⑧醉芙蓉：歌舞名。

【吟诵介绍】

白居易这三首词是对美丽江南的美好回忆与称赞。第一首是以钱塘江景色为代表，首先总体介绍引起美好回忆的因由。第二首说杭州是他的"最忆"，可见当过杭州刺史的作者对杭州情有独钟。第三首是对他昔日苏州刺史任上生活的亲切回忆。基于此，我们应当以热切的态度、赞赏的语气、亮丽的语调来吟诵。三首中，前两首写景色，第三首则转而写苏州的风情。

第一首，首句"江南好"三字宜在高音区，用相同音阶唱响，以引起注意并带动全词。"好"字读第四声，响亮。第二句，"风景"音略降，而景字拖腔由低到高，引出后一音节，句末"谙"字音略降，仍保持中音。第三句中间两个音节吟高音，"火"字由低到高。第四句要用抒情优美的音调、舒缓的节奏吟唱，全句用一音阶，其中，"水"字降二度并拖长，"绿"字念高音。末句"能不忆"两个音节低音，并用"忆"字拖音由低到高引出中音的"江南"一词。

第二首，首句"江南忆"三字置于高音区，用同一音阶唱响；第二句五字是全词的核心。"最忆二字与首句同列一个音阶,起衔接作用,故亦要响亮；"是杭州"三字要显得亲切，略慢，音调略下滑，"杭州"二字不延长。第3、4句作者用典型事物佐证"最忆"的缘由，一是山寺，如灵隐寺、净慈寺、径山寺等杭州名刹；二是桂花，三是钱塘江大潮等等，均起着杭州地标的作用，因而吟唱时自然要突出、响亮，所以

"山寺"与"桂子"这两个音节宜用高音,中间三字音调下滑,以使节奏中间跌宕、旋律回环。第四句的节奏与旋律和第三句相反,两头音低,中间则升到高音,以免平板。末句更有意义,要用恋恋不舍的声调、设问的语气吟最后两个音节。音调上两头略低,中间"更"字作为重音字要升高。这一句虽系作者自叹,但经过吟诵以便引发人们游览美丽杭州的欲望。

第三首各句与第二首吟法同音同调,就不赘述了。

# 虞美人①

## 李煜

春花秋月／何时了②，往事／知多少？小楼／昨夜／又东风③，故国／不堪回首／月明中④！　　雕栏玉砌／应犹在⑤，只是／朱颜改。问君／能有／几多愁？恰似／一江／春水／向东流。

【注释】

① 虞美人：词牌名。

② 春花秋月何时了：这里非指季节轮换，而是指作者悔恨自己沉浸在风花雪月无所事事的日子而不能自拔；了，结束。

③ 小楼：指作者作为一（小）国君主在亡国后被软禁于宋都的居所，这当然不是小小的楼所，只是一种无奈的怨言罢了。

④ 故国：指在他手中灭亡的南唐国，因而说"不堪回首"。

⑤ 雕栏玉砌：指作者昔日所居之富丽宫廷。

【吟诵介绍】

本书所选李煜的三首词都是他在亡国做囚徒之后写的，抒发他那以泪洗面的日子里一腔悔恨、懑怨、无望、孤独的情态。今天，吟诵者不是表演者，当然不必重现这种种情调，但他这些词特有的低沉基调，以及与世上所有失败者共通的情感，都是可以表现出来的。所以，吟诵这首词，节奏总体上放慢，但慢中也有紧促之处；音调放低，但低中有高却不是高昂。这样才有抑扬顿挫的音调感与韵味。

词的源头之一是从唐代格律诗演变过来的,但词的格律(词律)比格律诗的规则更复杂,亦更严格,而且每个曲调(词牌)的格律是不一样的,因而词的吟诵比诗困难一些。然而,讲究词律主要是针对创作者而言的,因为词的创作是"倚声填词",即按当初声调格式规定的长短句字数、平仄、词韵、以至转换或交错押韵等等而填新词,自然难度大。但是对于今天的吟诵者来说,吟诵的是现成的词,而且是一字不改,照本吟词的,只要不把平仄声念错,音节划分正确,句、顿、韵清楚到位,那就可以了,甚至把入声字改念上声、去声字,也是允许的,因为现代语音系统中没有入声字,尤其北方人不会发入声字的音。这样,本书作者则提倡用现代汉语语音系统"阴、阳、上、去"四声划分平仄声并押韵,而不必拘泥于古代的诗词韵部,况且古今诗词韵字中除入声字外,多数是相通的。

这一首词上下片用韵方式相同,即每片前两句押仄声韵,后两句押平声韵,属于平仄韵先后转换型。前面李白《菩萨蛮》词亦同此一类。

上片:首句划分两个音节,前一音节四个字音调由低到高并延长,后一音节三个字是本首词的关键,不仅音调由高到低、由强到弱,更重要的是声情上以设问的口气,把悔恨的心态表露出来并贯通全词。第2句分两个音节,"往事"音高,"知多少"由高到低,同样要念出设问的语气。第3句音调转低,其中1、2音节由低逐渐提升至第3音节"又东风"略高,接着在同一音阶上引出第4句"故国"与"不堪回首"两个音节并紧促停顿,最后音节"月明中"三字用叹气声一字一顿的滑落。上片吟完后须停顿片刻作为过渡,再念下片。

下片由于词句结构、句式以及平仄与用韵均与上片相同，因而音阶与旋律及节奏亦与上片同样吟法，不再重述。只是第5、6两句其后音节"应犹在"与"朱颜改"六个字不再是设问而是肯定语气了。

# 浪淘沙①

## 李煜

帘外 / 雨潺 / 潺，春意 / 阑珊②。罗衾 / 不耐 / 五更 / 寒③。梦里 / 不知 / 身是 / 客，一晌 / 贪欢④。　独自 / 莫凭 / 栏，无限 / 关山⑤，别时 / 容易 / 见时 / 难。流水 / 落花 / 春去 / 也，天上 / 人间。

【注释】

① 浪淘沙：词牌名，唐教坊曲，54字，上下片各四平韵。

② 阑珊：将尽。

③ 罗衾：用轻薄丝织品包裹的被子；衾，被子。

④ 一晌贪欢：一刻不停地贪图享受，寻欢作乐；晌，一会儿，不多时间。

⑤ 关山：家乡；这里指江山社稷。

【吟诵介绍】

李煜这首词却是情真意切，但悔恨已经无用，也只有带着无可奈何的凄凉情调感叹而已。所以读者也要注意这一点，不可高昂大声。

上片5句，首句"帘外"二字低音慢节奏，第二音节突然升至高音，"雨"字略延长，后一个"潺"字念轻声，不拖长。次句两个音节念慢，由中音转至低音，不拖长。第3句前两个音节由中音再升高，

一、二两音节之间接连吟而不停，后三字依次降低音调。第4句"梦里"二字直念高音以示醒悟，接着五个字降音两度用同一音节平均语速，像朗诵一样念着，句末亦不延长；末句两个音节用同样音阶的音符念，只是"晌"字略延长，句末则不延长。

　　下片亦是5句。首句与上片首句同音同调。次句4字音调中间高、两头低，句末不延长，并且与第3句接连吟。第3句由高转入低音，"容易"与"见时"之间要透一口气紧接着吟，不可隔断、延长，至句末略延长。第4句每个音节均适当延长，前四字低音，"春去"二字音调突然升高，以示强调，"也"字念轻声，亦延长，然后停顿半拍，接着末句4字每字均适当延长，并且是中音同音阶。

# 相见欢①

## 李煜

无言／独上／西楼，月／如钩。寂寞／梧桐／深院／锁清秋。
剪／不断，理／还乱，是／离愁。别是／一般滋味／在心头。

【注释】

① 相见欢：又名《乌夜啼》，词牌名。其词律规定，上片三句均押平声韵；下片开头交错两句押仄声韵，而后两句仍押平声韵，属于平仄韵交错押韵型。

【吟诵介绍】

前人有谓此词最凄婉，所谓亡国之音哀以思。吟诵起来，始终可闻哀叹之声。

上片三个平韵句，首句三个音节各二字，韵律应是先低，"独上"二字逐渐升高，为上楼梯，至"西楼"高至8度。第2句"月"字同音阶，然后"如"字逐渐下降，至"钩"字低8度。第3句一、四两个音节处于低音，中间二、三音节升高后急降，就这样，这首词的音调升升降降，即升即降，高低相差8度，构成了哀怨之音的旋律。

下片开头，突出的高音迸出头两个三字仄韵句，且不延长，然后用两次拖音把"是"与"离愁"这两个音节从高音区拖落到低音区，从而确定了全词的主题。最后补充一句，共三个音节的旋律也同样是两头低、中间高，其节奏十分紧促，以至末句前两个音节似乎并在一起才有间歇延长。而最后三字，应一字一字徐缓地念，其音调由高到低，结束时延长两拍，延长声亦慢慢减弱逝去，犹如耳边回旋。

# 渔家傲

## 范仲淹

塞下秋来风景异①，衡阳雁去无留意②。四面边声连角起③。千嶂里④，长烟落日孤城闭。　　浊酒一杯家万里，燕然未勒归无计⑤。羌管悠悠霜满地⑥。人不寐，将军白发征夫泪。

【注释】

① 塞下秋来风景异：塞，边界险要之处，这里指西北边陲，那一带入秋之后大地萧条寥落，与内地气象大不相同。

② 衡阳雁去无留意：衡阳，湖南南部一城市，其城南有回雁峯，峯形象大雁回旋，相传大雁南迁至此为止；这一句非指雁南飞这种自然现象，而是补充佐证第一句，似乎连雁也不愿留在荒凉的西北边地。

③ 四面边声连角起：四周悲凉的边声，如风声、马鸣紧随着军营里号角声一起响起。

④ 千嶂里：在层层叠叠的峰峦之中；嶂，高险的山峰。

⑤ 燕然未勒：燕然，山名，即今蒙古国内的杭爱山；史载东汉窦宪领兵追北单于大胜，登燕然山，勒石记功；这句是说，作者镇守西北前线，尚未粉碎（西夏）敌军，未敢勒石，自然无法返回。

⑥ 羌管悠悠霜满地：羌管，羌笛；霜满地，此处套用李白《静夜思》诗"疑是地上霜"句意，与羌笛声一起构成寂凉境况，以表露思

乡之愁，以致夜不能眠。

【吟诵介绍】

在中国词史上，宋词处在鼎盛之峰，这是中国文化的一朵奇葩。宋词之所以辉煌，原因之一是众多文人在大量汲取唐宋民间文学与音乐尤其曲与词的丰富多彩的养料而创作出来的，所以说，文人化是宋词的特色之一。而宋词的文人化特色，就在于词人的视野开阔，使得宋词的内容与形式丰富多采。许多有识之士鉴于时局变化而忧国忧民，或高瞻远瞩、或洞察入微，觉宇宙之无穷，识盈虚之有数，以致宋词的风格特色犹如百花吐艳，各显芬芳。因此，我们在吟诵前要对作者的态度，及词作的背景多少有所了解。

在万紫千红的宋词园地里，最鲜艳的要数两个流派，一是豪放词，一是婉约词，她们各领风骚，而不少名家则一身兼之。范仲淹虽属词不多，却难得如是。

范仲淹《渔家傲》一首是著名的豪放词，52岁作于延安。是时，已在西北守边数年，功绩可鉴，但毕竟日渐年老，又荣归无期，不免生发乡愁，不过词的音调并不低沉，哪怕是白发无眠，亦见豪情大气。

上片：第1句划分四个音节。照理第一个音节划"塞下"两字，但为了突出"塞"字以便单独长吟，我特地变动一下，将"塞"字单独划为一个音节，并置于高音区，"下"字并到第二个弱音节区，且下滑到中音区至句末。

第2句四个音节均处中音区，节奏上仅2、3音节略加延长。第3句仍然慢节奏，各音节均延长；第1音节置低音区，接着逐渐上升至"连角"二字于中音区后再下降。第4句三字音调突升到高音区，以示强调环境状况，然后第 5 句仍回落到中音区，每个音节都延长，以便形象地表露当地之荒凉、孤寂。

　　下片：第 6 句由低（低音区）逐渐提升到中高音区，突出"家"字，再下降。从句意中油然可见思乡之念。这一句是下片第 1 句，与上片所不同，乃直接转向一家之念，与下句相联便有无奈慨叹之吟。第 7 句音调由低到高，而第 8 句由高到低，这两句旋律的高低起伏，表明作者此刻心情的起伏变化。从逻辑关系上说，这两句所表白的无奈与索然，所导致的直接结果是第 9 句的"人不寐"，而天天的"人不寐"更使将军所想到的白发日甚以及士卒们日盼还家的痛楚。这样，第 9 句三字便可作为顿句而紧促、凝重地念并且停顿。在略停几秒钟之后，才牵引出第 10 句，"征夫"二字念中音，其余三个音节均念低音，语速慢，从而把全词所显露的凝重的情绪全都倾泻到末句上。

# 浣溪沙①

## 晏殊

一曲 / 新词 / 酒一 / 杯，去年 / 天气 / 旧亭 / 台，夕阳 / 西下 / 几时回？　　无可 / 奈何 / 花落 / 去，似曾 / 相识 / 燕归 / 来。小园 / 香径 / 独徘 / 徊②。

【注释】

① 浣溪沙：词牌名，唐教坊曲，又名《山花子》，四十二字，上下片各3句。

② 小园香径独徘徊：香径，满是落红香味的小路；徘徊，踟蹰来回，流连不舍。

【吟诵介绍】

这是晏殊一首惜春悼残的词，工于辞藻，尤其"无可奈何花落去，似曾相识燕归来"一联对仗巧妙，历来脍炙人口。不过，主题尽管是春恨，但整首词的情调并不低沉，相反给人一种轻快的感觉。因此，吟唱时不宜凄凉，节奏亦要轻快，不拖沓。

上片3句。首句音高，且同一音阶，节奏紧凑，但"新词"后略延长，句末略延长，第2句仍同一音阶，一、二音节紧接，而后略延长，后三字缓慢，音降2度，第3句四个音节均略延长。

下片3句，音调、音高与节奏均与上片相同，只是末句最后3字音调降低，而上片相对"几时回"3字因为是设问句，音调上升。

# 玉楼春①

## 宋祁②

东城/渐觉/风光/好,縠皱/波纹/迎客/棹③。绿杨/烟外/晓寒/轻,红杏/枝头/春意/闹④。 浮生/长恨/欢娱/少⑤,肯爱/千金/轻一/笑⑥?为君/持酒/劝斜/阳⑦,且向/花间/留晚/照。

【注释】

① 玉楼春:词牌名,押仄韵。

② 宋祁(998—1061):字子京,安陆(今属湖北孝感市)人,进士出身,任翰林学士,曾参与《新唐书》编修。

③ 縠皱波纹迎客棹:縠(hú)皱,即绉纱,轻薄而有波纹的丝织品,这里比喻水的涟漪;棹(zhào),大船的桨,指代船;客棹,客船。

④ 春意闹:闹,热闹;春意闹,意思是说红杏的花苞在枝头争先开放,好比女孩子竞相打扮、追逐嬉闹。

⑤ 浮生长恨欢娱少:漂泊不定的人生只恨得不到欢乐。

⑥ 肯爱千金轻一笑:这是反问句,意思说怎么能因爱惜金钱而忽视欢乐呢?

⑦ 劝斜阳:词语倒置,是说在斜阳里为君劝勉,这又是相关语,既指天将傍晚,又指人生苦短,要及时行乐。

【吟诵介绍】

这首词共 8 句,均七言,与七律诗相似,虽然不比律诗有严整的对仗,但第三、四句是千古佳句,历代不断有人称引。

简单地说,这首词可大致按唐代七律诗的声调节奏用中音来吟唱。如第一句一、二音节四字可并为一个音节慢速吟唱,并略拖,后三字一字一顿,句末不拖长。第二句音调略提,每个音节略拖,音调前高后低。而第三句音调则相反由低渐高,至于第四句则是全词最亮丽处,要始终处于中音偏高唱,再说又是上片句末,可以拖长。

下片首句前二音节低音,第三音节音上升至中音,句末停顿不拖长,第二句由低突升高,"轻一笑"则由高降低,"轻"字拖音,句末不拖长。第三句一个音节一个音节的由低到高唱,句末不宜拖长,末句则由高渐向低,至于最后三字则可字字稍渐略低,但每字要清晰、突出,且可略拖长。

# 采桑子①

## 欧阳修

群芳/过后/西湖/好②,狼藉/残红③。飞絮/蒙蒙。垂柳/阑干/尽日/风。　笙歌/散尽/游人/去,始觉/春空。垂下/帘栊④。双燕/归来/细雨/中。

【注释】

①采桑子:词牌名,又名《丑奴儿令》《罗敷媚》。上下片各四句,除各首句为仄声句外,其余均为平声句并押平声韵。

②西湖:非指杭州西湖,而指颍州西湖,在今安徽阜阳北面颍河、泉河交汇处。因欧阳修晚年退休后居住颍州,故题咏当地名胜。

③残红:落花。

④帘栊:窗帘;栊,窗上的木格子。

【吟诵介绍】

这首词的作者是以观察的角度描绘暮春时节颍州西湖的景况。虽然群芳褪尽、落花凌乱、游人散去,但在词人眼中,西湖又是另一番景致,所以,词中并没有常人那种伤感,吟诵时不可任意添加,而要以中等语速,用轻快的节奏与调子吟唱。

上片:首句音调由低逐渐上升至中音区,不必进入高音区。句末"好"字系仄声,念第四声,与下片首句末"去"一样不延长。第2句"狼藕"与首句末"好"字同一音阶，以便衔接，"残红"音节下降，而第三句"飞"字突升8度，其后三字始终处于高音，四个音节安排为低 – 高 – 低 – 高。

下片：场景好象转到各个熙熙攘攘的景点，而现在歌舞止息、游人散尽，显得一片空寂，加上细雨濛濛，因此，下片四个句子的总体音调是由高逐渐向低下滑。

首句"笙歌散尽"两个音节先置于高音区，接着从"游人去"开始依次下降音调，直至"帘栊"为止。最后为避免平淡，末句四个音节的旋律亦采取波浪式安排：低 – 高 – 高 – 低，不过这里的高与低均置于中音区。

# 雨霖铃①

## 柳永

寒蝉/凄切。对长/亭晚②,骤雨/初歇。都门/帐饮/无绪③,方留恋/处、兰舟/催发④。执/手相看/泪眼,竟/无语/凝噎。念去去/、千里/烟波,暮霭/沉沉/楚天/阔⑤。　多情/自古/伤离/别,更那堪、冷落/清秋/节⑥。今宵酒/醒何处?杨柳岸/、晓风/残月。此去/经年⑦,应是/良辰/好景/虚设⑧。便纵有/千种/风情⑨,更与/何人/说?

【注释】

①雨霖铃:词牌名,属于仄声韵类。

②对长亭晚:长亭,见前李白《菩萨蛮》注。

③都门帐饮:都,京都,指北宋汴京;都门帐饮,是朋友在京城郊外设帐幕为词人践行。

④兰舟:船的美称,一般指设备、装潢较讲究的船。

⑤暮霭沉沉楚天阔:傍晚在阴沉天气里去到辽阔的南方;古代楚国在南方,故楚天泛指南方。

⑥更那堪冷落清秋节:那堪,不堪,不能;这句是说,更不能在清冷寥落的暮秋时节。

⑦经年:年复一年。

⑧虚设:空有。

⑨ 风情：深情密意。

**【吟诵介绍】**

"雨霖铃"一般是填哀怨词的，柳永这一首名词也是以"伤离别"为主题的，但并不是始终掩面而泣的那种，却是以真挚、深沉的诗意打动人们。所以，吟诵时尤要注意情感的表露，也就是说，要带着感情体验去吟诵，声音要有表现力，尽可能做到伤感无泪、委婉动情。再者，这是一首仄韵词，各句末几乎不能长吟，只能停顿，而停顿的时间长短要靠吟诵者揣摩体会。不过句中音节之间，那怕是仄声音节，根据需要则可以延长，例如第7句"竟无语凝噎"，其中"无语"音节可以延长1拍，而接着"凝噎"二字念完即停。反之，句中凡平声音节，一般可延长，尽管句末即停。

上片：首句四字两个音节，"寒蝉"二字用中音并延长，"蝉"字用颤音，"凄切"停顿，声音带点凄凉。第二句"长"字延长，四字的音调为低（对）–中（长）–高（亭）–低（晚）。第3句四字均中音同一音阶，句中、尾均不延长。第5句8字，中间逗号停顿，其音节的音调安排为中音–低音–中音。第6句6字三个音节，"执"字单独音节，音高并略延长，而后五字作为一个音节念，音下滑，节奏紧促，句末即停并吸气，这是为了突出第7句，此句音阶与前句同，其节奏已在上文说过。第8句7字为三个音节（三、二、二字），中速念，顿号处停顿，前低音；后4字高音。第9句7字分划四个音节，前二音节紧促，后三字慢速；音调安排前四字中音，"楚"字滑到低音，尾二字又回到中音区。

下片：首句四个音节均不必延长，但语速要慢；音调略高，置于中或高音区，同一音阶。第2句8字划四个音节（前后三），因为前三字为顿号句，划一个音节；节奏上前紧后松、慢，但不延长。音调上，"更"字念重念响，"那堪"二字念低、念轻，后三个音节念慢、念中音，音色清冷。第3句6字简并为两个音节，音均略高，同一音阶，"酒"字念重音并延长1拍，"处"字用设问语气并停顿。第4句3个音节，"杨柳岸"3字同一音阶，一字一顿地念轻，并立即停顿、吸气，后两个音节念慢、念响，音阶相同，均置于中音区。第5句两个音节慢速念不延长，音调低、轻，为后面三句铺垫情绪。第6句四个音节，音调与节奏速度上要一个音节一个音节地由高、强逐渐向低、弱滑行，语速中等，不延长。最后两句是全首词高潮所在，尤其第7句是词人感情迸发宣泄之处，要有激情地吟唱。为此，第7句7字划为3个音节，前后3字各一音节，节奏紧促，最好带点颤音。"千"字划为独字音节，并主张任意延长2-3拍，"风情"二字亦延长，甚至可加字"啊"，以显示激情迸发，这一句全用高音吟。末句5字划三个音节，语气上与前句连贯做到一气呵成。音调上由高到低、由强到弱；第1音节不延长，"更"字音高，慢速，念响、念重音；"何人"二字慢速，"人"字延长2拍，音调先低轻再转高、响，转到"说"字煞住结束，以求"此处无声胜有声"之效。

# 望海潮①

## 柳永

东南/形胜②,三吴/都会③,钱塘/自古/繁华。烟柳/画桥,风帘/翠幕④,参差/十万/人家⑤。云树/绕堤/沙,怒涛/卷霜/雪⑥,天堑/无涯⑦。市列/珠玑,户盈/罗绮⑧,竞/豪奢。

重湖/叠巘/清嘉⑨,有/三秋/桂子,十里/荷花。羌管/弄晴,菱歌/泛夜⑩,嬉嬉/钓叟/莲娃⑪。千骑/拥高牙⑫。乘醉/听箫鼓,吟赏/烟霞⑬。异日/图将/好景⑭,归去/凤池/夸⑮。

【注释】

① 望海潮:词牌名,押平声韵。

② 东南形胜:指钱塘(今杭州)位于东南地理形势优越、交通便利之处。

③ 三吴:吴兴郡(今湖州)、吴郡(今苏州)、会稽郡(今绍兴)合称。历代郡县名称与辖区有变动。一作"江吴",钱塘因地处钱塘江北岸,史上曾属吴国,故称。

④ 风帘翠幕:考究的挡风帘子与青翠色的帷幕,装饰在许多人家的门窗上。

⑤ 参差:差不多。

⑥ 霜雪:这里指钱江大潮卷起霜雪似的白色浪花。

⑦ 天堑无涯:天堑,天然壕沟,用来比喻宽阔的大江大河;无涯,

无边；这里指宽阔险要的钱塘江。

⑧户盈罗绮：盈，充满；罗绮，丝织品；这两句是说钱塘街市排列出售珠宝，家家都有丝绸穿着，说明富绰。

⑨重湖叠巘（yǎn）清嘉：唐代西湖筑了白沙堤后，西湖隔成外湖与里湖，故称重湖；叠巘，重叠的山峰，构成了西湖西面的风景。清嘉，清丽。

⑩羌管弄晴，菱歌泛夜：晴日西湖处处管弦吹奏，夜晚菱舟阵阵欢歌笑语。

⑪嬉嬉钓叟莲娃：岸边钓鱼老者与船上采莲女娃嬉笑连连。

⑫千骑拥高牙，地方太守的随从拥着军中大旗，骑着大群的马匹，浩浩荡荡出行；千骑，非实数，乃虚指大群马匹；高牙，牙旗。

⑬烟霞：山水风景。

⑭异日图将好景：异日，他日；图，描绘。

⑮凤池：即凤凰池，唐宋时最高行政机关中书省所在地，此指朝廷。

【吟诵介绍】

这首词在北宋已享有盛名。它写尽了杭州的繁华、钱塘江与西湖的雄壮和清丽。事实上，已有数十万人口的大城市在十一世纪的中国北宋鼎盛时期乃至世界上是少有的。因而作者通篇用赞羡的眼光与语气描绘这一切。所以，我们也应用热情的态度、欢快的调子吟唱，而这正是这首词的基调。

这一首词押平声韵；但篇幅较长，仄声句多。照惯例平声音节与韵脚可延长，而仄声句一般要停顿不延长，这是吟诵者要注意的。

上片12句。第1、2两句句式相同，都是为钱塘作介绍的，因而音调可一致重复,定音略高,节奏紧凑,略停后慢慢用低几度音引出"钱塘"二字并延长,不过延长音要由低到高,恢复到首句的音高,然后用同一音阶的高音念完第3句后两个音节并长吟。第4句又转为低音、慢节奏,但不延长,而第5句旋律结构与第4句重复,只是音阶提高8度。第6句"参差"二字又回落8度后立即提升8度,用高音念"十万人家"。音阶这样频繁升降,自然突出"十万"二字。第7句用相同高度的音调紧凑吟诵,而第8句五字旋律由高滑落再升高,中间"涛"字延长,第9句用慢速念并延长。第10句转低音与慢节奏,而第11句旋律结构与第10句重复,只是音阶提高8度。最后第12句3字又转低音,两个音节均慢速并延长。

下片11句。首句三个音节音调依次为低、高、中,语速慢,句末延长。第2、3句连接起来用朗读调子与节奏念,"花"字略加延长,音调上可用低或中音。第4、5句句式相同,均可中速不延长,前句高音,后句逐渐滑向低音,直至第6句低音、慢速,1、3两个音节略加延长。第7句用高8度音并同音阶紧促地念,而第8句滑落到低音"乘醉"二字,再提升到中音中速"听箫鼓"三字,接着用中音慢速念"吟赏"二字。第10句三个音节用慢速度、中音、一个音节一个音节地念,并吸气,而后将末句三个音节以最慢速度由低向上升到中音区吟完并延长结束。

# 临江仙①
## 晏几道

梦后/楼台/高锁②,酒醒/帘幕/低垂③。去年/春恨/却来/时④,落花/人独/立,微雨/燕双/飞。　　记得/小蘋/初见⑤,两重/心字/罗衣⑥。琵琶/弦上/说相/思⑦,当时/明月/在,曾照/彩云/归⑧。

【注释】

①临江仙:词牌名,唐教坊曲,上下片各第2、3、5句押平声韵。

②楼台高锁:人已经离去。

③帘幕低垂:表明自己仍孤独地睡在屋里。

④去年春恨却来时:记起去年春天也是这个时候的离情别恨。

⑤小蘋:歌女名。

⑥两重(chóng)心字罗衣:两重,两层;心字,一种说法是用心字香薰的衣衫,此处暂存疑;本书作者推想是在衣衫胸前绣上心字花,暗示女子内心的真情;罗衣,用绫、罗之类丝织品制作的女衫。

⑦琵琶弦上说相思:因羞于明说,便通过琵琶的弹奏诉说相思之情。

⑧彩云:比喻美丽的小蘋。

【吟诵介绍】

晏几道是前面写《浣溪沙》词的作者晏殊的儿子，世人评价其词作有较真实的内容，优于其父。这是一首忆念词，处处洋溢着深情蜜意。吟诵时要带点情感，但亦不必过于强烈，音调不高不低。

上片5句，节奏稍缓，凡押韵之处均可适当延长。首句三个音节，音调上两头略低，中间高，句末不延长。第2句三个音节，音调由高音依次下降到中音。第3、4句均中音，"春恨"二字略延，句末延长；"落花"五字念时紧促，句末即停顿。末句转向低音，均延长，"微雨"二字延长时带点感慨。

下片5句。第1-3句在中低音区回旋，除首句"小蘋"二字音调突然提升外，其余均中音；节奏上首句缓慢，每个音阶稍拖，而后两句紧凑，而且并作一句念，不间断。第4句音调提升到高音，末句依次渐降，这两句节奏仍然较紧凑。

# 江城子①

## 苏轼

十年/生死/两/茫茫②,不思/量,自/难忘③。千里/孤坟④,无处/话凄凉。纵使/相逢/应不识⑤,尘/满面,鬓/如霜。

夜来/幽梦/忽还/乡。小轩窗,正/梳妆⑥。相顾/无言,惟有/泪千/行。料得/年年/肠断处,明月夜,/短松冈⑦。

【注释】

①江城子:词牌名,又名《江神子》,押平声韵。

②十年生死两茫茫:苏轼写这首词时,妻子王弗亡故已整十年,阴阳相隔两不知,故谓"两茫茫"。

③不思量,自难忘:意思是说,即或叫我不去想念,自然难能忘却,表明作者对亡妻的深情。

④千里孤坟:亡妻的坟葬在她老家四川彭山,而作者此时为官在山东上任,相隔整千里。

⑤纵使相逢应不识:这是想象的话,意思是说,即使她还活着相见,恐怕一时也不认得我这个蓬头垢面、鬓发如霜的老头了(其实作者当时尚四十岁,正盛年)。

⑥小轩窗,正梳妆:作者梦见妻子在家中卧房里临窗梳妆;轩,有窗槛的小屋室。

⑦短松冈:指周围种植松树的小山上的墓地;冈,山坡。

【吟诵介绍】

这是一首悼亡词，又是押平声韵，节奏较慢，韵脚处均可延长，激动处更可长吟。

上片8句，其中5句押韵。首句四个音节，前二音节在中音区相并念并略停顿，后二音节均延长。第二句亦在中音区念，略延长，第三句两个音节均降到低音区，均延长。第四句两个音节亦在低音区念，均不延长，第五句两个音节仍以慢速在低音区念，句末延长。第六、七句音调提升到中音区，均不延长，而最后第八句"鬓"字念中音并略延长，"如霜"二字逐渐下降到低音，并轻念。

下片8句，其中也是5句押韵。第一句前两个音节处于低音，"忽还乡"三字突升至中音，并延长。第二、三句句式相同，均以中音并略快速念，前三字同音阶，后三字渐降并略延长。第四、五两句均以低音并接念，前6字语速略快，其间"言"字不停顿，仅可吸气；后"泪千行"三字慢速，而"泪"字念重音、念响，句末延长。第六句第一音节低音并略延长，而后5字均提升到中音中速，不延长。第七句"明月"念中音，后面4字念低音；第七、八句停顿，第八句两音节均延长。

# 水调歌头

## 苏轼

明月/几时/有？把酒/问青/天。不知/天上/宫阙、今夕/是何/年？我欲/乘风/归去，又恐/琼楼/玉宇①，高处/不胜/寒。起舞/弄清/影,何似/在人/间②？转朱阁③,低绮户④,照无眠⑤。不应/有恨,何事长/向别时/圆⑥？人有/悲欢/离合，月有/阴晴/圆缺，此事/古难/全。但愿/人/长久,千里/共婵/娟⑦。

【注释】

① 琼楼玉宇：此指想象的月中宫殿。

② 起舞弄清影，何似在人间：在月中跳舞，只有清冷孤寂的影子伴随，哪能比得上人间的热闹。

③ 转朱阁：月亮照遍华美的阁楼。

④ 低绮户：低低地照进绮丽的窗户。

⑤ 照无眠：照到心事重重的人，以致不能成眠。

⑥ 不应有恨，何事长向别时圆：月亮对人们不可能有怨恨，为什么老是在人们离别时圆满呢？

⑦ 千里共婵娟：即使相隔千里，愿人们心里共有一个美好的婵娟。婵娟，即嫦娥，指代美好的意思。

【吟诵介绍】

这是一首怀念词，是作者在我国传统重要节日中秋节之际，怀念其弟苏辙而填的词。词中充满亲情，而与普天下人们心心相通，因而享有盛誉。本词押平声韵，也夹杂押仄韵。

上片9句。首句与第2句句式相同，10字均念高音；"明月"延长，后3字一起念，下句同样如此。第3句1、2音节高音并一起念，而"宫阙"音调下滑并停顿；第4句"今夕"念中音并略延长，后3字逐渐下滑到低音，并延长，第5句"我欲"念中音并略延长，"乘风"念高音，念响亮，不延长，"归去"念中音，不延长。第6、7句节奏紧凑，均念中音、同一音阶，"玉宇"略停，"寒"则略延长。第8句"起"字高音，后4字逐渐下降到中音，节奏紧凑并不延长。第9句念中音，节奏中速，第1音节延长，"人"字音上扬一下即下降，"间"字延长。

下片10句。下片开头有三字句，这是宋词的一个特点，其作用各不相同，这里是连续叙述，像不同镜头转换的视频。第1、2两句不延长，第3句延长。三句均念中音，其语式相同。头一个字念重音，并略长，而第3句"照"字延长。第4句念中音，紧凑，四个字接连像直白那样念，略停，接着第5句，原本四个音节，因吟诵需要特地调整为三个音节，均略延长，念中音。第6句慢节奏，三个音节的音调为"低－中－低"，前二个音节延长，并带着感叹语调。第7句三个音节念中音，但"月"字突升到高音，后四字同一音阶一起念，不延长。第8句三个音节均慢速念，并延长、念中音。第9句5字均升到高音区，一字一顿地念，念完略停，然后第10句以很慢速度、中音并同一音阶慢慢念完，"娟"字长吟3拍，声音渐渐轻远而结束。

# 念奴娇
## 赤壁怀古①

### 苏轼

大江/东去②,浪淘尽、/千/古风流/人物③。故垒/西边④,/人道是,/三国/周郎/赤壁。乱石/穿空⑤,惊涛/拍岸,卷起/千堆/雪⑥。江山/如画,一时/多少/豪杰。　遥想/公瑾/当年⑦,小乔/初嫁了⑧,雄姿/英发。羽扇/纶巾⑨,谈笑间,/樯橹/灰飞/烟灭⑩。故国/神游⑪,多情/应笑/我⑫,早生/华发。人生/如梦,一尊/还酹/江月⑬。

【注释】

①念奴娇·赤壁怀古:念奴娇,词牌名,又名"百字令"。此曲调经苏轼填词后名声大振。赤壁怀古,作者在赤壁地方怀念三国时吴国周瑜大败曹操军队的历史。其实赤壁有两处:一是今湖北嘉鱼县西南长江南岸的赤壁,确是当年大战的遗址;另是今黄冈城外长江北岸的赤壁,此乃苏轼误认之地。如今两处都成为当地名胜。

②大江:长江。

③风流人物:英俊杰出人才。

④故垒:旧时营垒。

⑤乱石穿空:赤壁江岸边陡峭险乱的石壁突向上方,象突破天空似的。

⑥ 卷起千堆雪：惊人大浪拍向石壁便卷起巨大的白色浪花；雪，比喻浪花。

⑦ 公瑾：周瑜字。

⑧ 小乔：周瑜年轻貌美的妻子，姓乔，她有同样美貌的姐姐，人称"大乔、小乔"。周瑜指挥赤壁大战时只有二十几岁，结婚不久，英姿风发。

⑨ 羽扇纶巾：古代儒将的装束，犹如戏曲中诸葛亮的装扮。

⑩ 樯橹灰飞烟灭：樯，大船上的桅杆；橹，大的船桨；这里指的是大船，借代曹军的船队，顿时被焚烧成灰烬。

⑪ 故国神游：回忆、想象以前的赤壁战地。

⑫ 一尊还酹江月：尊，古代酒器。酹，把酒洒在地上以祭奠。

【吟诵介绍】

这首词押仄声韵，是宋词中豪放风格的代表，是苏轼的不朽之作。词中金戈铁马，气象万千，尤其开篇三句，大气磅礴，有如长江倾江而泄，因此，吟诵时要凭高望远，放歌高吟，而有重音字标注的要念重；无标注的几句，虽则念轻，但也要念清楚。

上片9句。首句两个音节要念高音、大气魄、慢节奏，尤其"大"字要响亮，并延长1拍，做到先声夺人；其后三字，一字一念，"去"字延长两拍，均同一音阶。第2句前三字音调"高－中－高"亦一字一顿，接着"千"字高音延长2拍，其后5字亦用高音同一音阶接连着念，"物"字稍延长。

第3句起至第7句止，音调均降至中音区。第3句两音节均略延长。第4句"人道"二字延长，"是"字要停顿；后三个音节中"周郎"

二字延长，其前后音节停顿。

第 5、6 两句各两个音节，句式相同，均降至低音区，念时前长后短，不延长。第 7 句语速较慢，1、2 音节延长，尤其"堆"字拖长 1-2 拍，"雪"字停顿。

第 8 句提升到中音区，用慢节奏、同音阶念，并略延长。第 9 句三个音节中，"多少"二字用高音念，"少"字略拖长，以示突出，前后音节仍为中音，而"豪杰"二字均念长音。

下片 10 句。第 1 句"遥想"念中音，后四字念高音，一、二音节不延长，句末延长。第 2 句"小乔"念中音，后三字音调渐降，五个字均不延长。第 3 句两个音节不延长，"雄姿"念中音，"英发"音调提升。第 4 句念中音、不延长；第 5 句，前三字念中音并停顿，后三字音节均延长，并念中音。其中"樯橹"二字音调由中音下滑又立即提升到原音位，再在同一音阶吟完后四字。

从第 6 句开始是全词结尾部分，作者在此借英杰事迹而对人生感悟，因而吟诵时要添加慨叹的语气。第 6 句两音节均高音，并同一音阶，"故国"略延长，"神游"长吟。第 7、8 句降为中音，"多情"延长，后三字并一起念，"我"字亦略延长。第 8 句慢节奏，两个音节均降至低音区并延长，且听得出感叹声气。第 9 句低音慢速，两个音节均延长。末句三个音节音调有变化，前两个音节中音、慢速、均略延长，最后"江月"二字突升至高音，"江"字吟了两拍并加颤音，"月"字念 3 拍，延长音由近渐远，由强减弱至结束。

# 水龙吟

## 苏轼

似花/还似/非花①,也无人/惜从/教坠②。抛家/傍路,思量/却是、无情/有思③。萦损/柔肠④,困酣/娇眼,欲开/还闭⑤。梦/随风/万里,寻郎/去处,又还/被莺/呼起⑥。　　不恨/此花/飞尽,恨西园、落红/难缀⑦。晓来/雨过,遗踪/何在?一池/萍碎。春色/三分,二分/尘土,一分/流水⑧。细看来,/不是/杨花,点点/是离人泪。

【注释】

① 似花还似非花:杨花柳絮究竟是不是通常所见的花?

② 也无人惜从教坠:也没有人爱惜而任它飘忽坠地;教,叫。

③ 无情有思:意思是说,杨花离开枝头(家),飘落路上,想来看似无情,确也是有意的。

④ 萦损柔肠:整日挂念会愁坏绵软的肠子;萦,牵挂。

⑤ 困酣娇眼,欲开还闭:这里把杨花比喻美人,困倦时娇眼似开似闭,娇态可人。

⑥ 被莺呼起:意思是说杨花象多情女子长梦飘万里,正要到情郎那边,却被不知情的黄莺叫醒。

⑦ 落红难缀:西园落花之多,难以收拾;缀,拼合,引申为收拾。

⑧ 二分尘土,一分流水:杨花飘落之后,大部分化为尘土,小部

分随流水而去。

【吟诵介绍】

这首杨花词以拟人手法、奇特想象把杨花写活了，而且情调幽怨，是宋词中不可多得的婉约词。全词音调大多是中音，少数吟低音，节奏以中、慢速为主，吟诵时要有柔声细气。再者，本词押仄声韵，不宜长吟。如需要时，可以放慢语速，或者句中平声音节延长。

上片10句。首句"似花"二字低音开篇并略停，而后两个音节立即升到中音区，句末延长。第2句七个字，前四个字中音，后三个字转为低音，句末停顿，但"从"略可延长。第3句四字念高音、慢速，第4句前四字念中音，但"量"字延长并上升后即降至中音、停顿，后四字亦念中音，两个音节均延长。

第5句低音，慢速，不延长；第6句升至中音、语速略快，不延长；第7句"欲开"念中音并延长，"还闭"转降低音，不延长。

第8句"梦"字中音、略延长，后四字中，"风"字念高音并延长，其余三字均念中音且慢速。第9句中音、停顿，第10句中音中速，不延长，但"莺"字念重音并延长。句末停顿，不延长。

下片10句。首句"不恨"念中音，后四字念高音并且慢速；第2句前三字念中音并停顿，后两个音节念中音，慢速。第3-5句，"晓来"念低音并略延长，"雨过"念中音并停顿。"遗踪"延长并念中音，"何在"以疑问语气念中音，并停顿，"一池"念中音并延长，"萍碎"下降为低音并停顿、吸气。

第6-8三句用中音一口气紧促连读，直至第三句末停顿，舒口气。第9句七字（前三后四），"细看来"三字仍念低音，但"来"字延长，

"不是"两字先低后升至中音、慢速,"杨花"中音延长后并略停;第10句慢速、"点点"两字要一字一字地用介于中低音的轻声念,后四字均念低音,每个字均略延长,但"人"字的音调先低音,再延长,而延长音之中由低升高,并带颤声、再回落到低音,"泪"字低音延长并念轻声,慢慢结束全词。

# 水调歌头

黄庭坚

瑶草一何碧①？春入武陵溪②。溪上桃花无数，枝上有黄鹂。我欲穿花寻路，直入白云深处，浩气展虹霓③。只恐花深里，红露湿人衣④。　坐玉石，倚玉枕，拂金徽⑤。谪仙何处⑥？无人伴我白螺杯⑦。我为灵芝仙草，不为朱唇丹脸⑧，长啸亦何为？醉舞下山去，明月逐人归⑨。

【注释】

①瑶草一何碧：瑶草，仙草；一何，何其；碧，青翠色。

②武陵溪：作者借用陶渊明《桃花源记》中一渔翁迷入武陵溪的故事。武陵溪是想象中的"世外桃源"。

③浩气展虹霓：磅礴大气，同天上美丽彩虹相辉照。

④红露：沾在鲜花上的露水。

⑤金徽：即琴徽；徽，给琴定调的节子，这里指代抚琴。

⑥谪仙：李白的称号。

⑦白螺杯：用白色大螺壳做的酒杯。

⑧不为朱唇丹脸：不屑涂唇抹脸做媚俗的小人。

⑨逐：追随。

【吟诵介绍】

黄庭坚这首孤芳自赏的词，其风格豪放，其中不时听到慨叹声，节奏为中、慢速，音调为中、高音。

上片9句。首句五字高音，中速，句末延长。次句"春入"语气接首句，亦念高音，而后三字音调由高音下滑到中音，第3句三个音节均念中音，同一音阶、慢速，其中1、3音节可延长。第4句"枝上"念中音，后三字从中音渐降至低音，慢速并可延长。第5句"我欲"二字低音慢速，"穿花寻路"四字升至中音。第6句三个音节均念中音、慢速、略延长，第7句"浩气"念中音，慢速，而后三字逐渐下降至低音，并均可延长。第8句前三字低音，后二字升至中音，慢速、不延长，末句五字均慢速，并在中音区微调音高："红露"音下降，"湿"音升高，"人衣"音又略下降，不延长。

下片10句。第1-3句为三字句，句式相同，均为一个音节，前两句是仄声句，不延长，后一句平声可延长。音调为"高音－中音－低音"。节奏为中速。

第4句四字突念高音，仅"仙"字与前句末"徽"字音差8度；两个音节一起念，不延长，仅发设问语气。第5句"无人"仍念高音，而后三个音节渐降至中音，慢速并叹气延长。第6句第1音节念中音，"灵芝"两个音节升至高音，以示突出，不延长，而第7句"不为"仍接上念高音，后四字急降为中音并停顿，吸气，第8句三个音节均念中音、慢速并延长。

第9、10句为全词结束语，前句"醉"字念高音，慢速，而后四字音调逐字下降至中音，接着末句语速更慢，五字由中音逐字渐降至低音结束，延长音逐渐轻弱。

# 鹊桥仙
## 秦观

纤云/弄巧①,飞星/传恨②,银汉/迢迢/暗度③。金凤/玉露/一相逢④,便胜却、人间/无数。　　柔情/似水,佳期/如梦,忍顾/鹊桥/归路⑤。两情/若是/久长/时,又岂在、朝朝/暮暮?

【注释】

① 纤云弄巧:细散的云朵巧妙地拼出多彩的图样。

② 飞星传恨:飞星,指牵牛、织女两星;传恨,互相流露出终年不得相见的怨恨。

③ 银汉迢迢暗度:银汉,银河;迢迢暗度,在黑夜里度过辽阔的银河(这两星分居在银河的两岸)。

④ 金凤玉露一相逢:金凤,秋风;玉露,白露;这句是指一年中最美好的秋天天气。

⑤ 忍顾鹊桥归路:不忍心回顾由喜鹊搭的桥回归。民间故事:每年农历七月初七晚上,牵牛织女星相会是走过众多喜鹊特意在银河上搭的桥。

【吟诵介绍】

秦观这首著名的爱情词既同情牛郎织女常年不得相会的离怨,又赞颂了他们坚贞不移的爱情,引发了无数有情人的共鸣。这首婉约词哀怨动人，柔情蜜意，吟诵的声调也要柔声细气，但不可低沉，亦不宜粗声大气。

　　这首词押仄声韵，照理不宜长吟，但出于构造情调与意境的需要，节奏要慢，音调以中、低音为主并念轻声。凡四字语句不能长吟者，用很慢的语速代之；凡押韵句需延长时亦可适当延长，并且事先将句中音节加以延长。

　　上下片各5句，上片首句与第2句句式相同，均用中音慢速念。看起来旋律均处同一音阶，但由于字声本身各不相同，在音律上听起来也不会相同的。第三句六字均转低音、慢速，"暗"字用半音念。第4句升至中音，前四字要念响声，语速略快；第5句"便胜却"念中音、紧促并停顿，"人"字念低音，而后三字升至中音，句末略加延长。

　　下片第1、2句句式相同但音调有别。第1句念低音、轻声；第2句"佳期"念中音，"如梦"二字仍降为低音；第3句"忍顾"念低音，后两个音节逐渐升至中音。第4句四个音节均念高音、且同一音阶；末句均下降为中音，且同一音阶一字字地念，其间，"在"字短暂停顿，"暮暮"二字每字均略延长。

# 兰陵王
## 柳①

### 周邦彦

柳荫直②,烟里丝丝弄碧③。隋堤上④、曾见几番,拂水飘绵送行色?登临望故国⑤,谁识,京华倦客⑥?长亭路,年去岁来,应折柔条过千尺⑦。　　闲寻旧踪迹。又酒趁哀弦,灯照离席⑧。梨花榆火催寒食⑨。愁一箭风快⑩,半篙波暖⑪,回头迢递便数驿⑫,望人在天北⑬。　　凄恻,恨堆积!渐别浦萦回⑭,津堠岑寂⑮,斜阳冉冉春无极⑯。念月榭携手⑰,露桥闻笛⑱。沉思前事,似梦里,泪暗滴。

**【注释】**

① 兰陵王·柳：前者为词牌名,"柳"是本词的词名,即标题。

② 柳荫直：长堤上柳树排列成行,其柳荫也成直线。

③ 烟里丝丝弄碧：柳条在雾里夹着微风丝丝飘舞,闪现着青绿的姿色。

④ 隋堤：汴京（今河南开封）附近原有汴水,隋朝在此开凿通济渠作水运干道并筑堤,故称隋堤。

⑤ 故国：故乡。

⑥ 京华倦客：作者久寓厌倦的汴京,故谓。京华,京都。

⑦应折柔条过千尺：其时习俗，在长亭路上送行时，多折柳条赠别；累计折的多，表示送行次数多。

⑧离席：别离时践行的酒席。

⑨梨花榆火催寒食：古时寒食节是在清明前一天，该日禁火而改吃冷食，称寒食；节后取新火。唐宋时朝廷在该日取榆树烧的火给百官，故谓榆火；清明前后正是梨花开放之际。

⑩愁一箭风快：离别时想多留一会儿，以致怕船太快像箭一样。

⑪半篙波暖：船篙仅一半没入水中，表明船刚离码头；因近暮春时节，水已经有点暖了。

⑫回头迢递便数驿：船开得很快，回头一望，已经远远地过了几个驿站的距离。

⑬望人在天北：送别的人已经在天北面了（行人此刻南下）。

⑭渐别浦萦回：船开后水波还在岸边回旋着。

⑮津堠岑寂：码头上冷清清的；津堠，码头上管理用的房子。

⑯春无极：春色无边。

⑰月榭：榭，建在高台上没有房室的厅屋；月榭，指月下在榭厅里携手相会的地方。

⑱露桥：没有遮拦的桥。

【吟诵介绍】

这是一首写离别的词，写的很细致、形象，感情细腻。是周邦彦婉约风格词的代表作。全词为长调，分三段即三片，均押仄声韵。由于字数多，音调与节奏变化亦多，吟诵时要注意。

上片8句。首句三字高音起头，紧促并停顿，第2句"烟"字接念高音，而后五字用慢速转降中音，不延长。第3句七字，前三字为顿号句，由中音降至低音、停顿、后四字低音，"番"字略延长。第4句七字均中音、慢节奏，"飘绵"音节延长，最好带点颤音，句末不延长。

第5句"登临"念中音，后三字升为高音并停顿；第6句六字，前二字念中音并即停，后四字中音、紧促并停顿。第7句，前三字中音放慢节奏，其中"亭"字略延长；四字下降至低音、慢速并略延长；第8句四个音节均念中音、慢节奏，其中"柔条"与句末均延长。

中片8句，均中速。首句中音、不延长；第2句仅"酒"字念高音，其余四字均中音，不延长；第3句中音，句末略可延长；第4句均念中音，慢速不延长；第5句"风"字念高音，其余念中音，"快"字略拖长；第6句四字中音同一音阶，紧促；第7句"回头"念低音，其余五字念中音、慢速；末句五字，前两个音节慢速并略延长。

下片10句第1句"凄恻"念低音，停顿；第2句中音、慢速；第3句三个音节均可略延长、中音，句末略延长；第4句中速、不延长；第5句"斜阳"转低音，后两个音节中音慢速并略拖长；第6句慢速、均念高音、句末延长；第7句两个音节均念中音并延长；第8句中音，两个音节略延长；第9句慢速，中音但要上扬，带哀怨情调；末句三字慢速，音调从中音渐降为低音，"暗"字延长，并带颤音，"滴"字延长，但念轻声。念最后两句要带点感情。

# 醉花阴①

## 李清照

薄雾／浓云／愁永／昼，瑞脑／消金／兽②。佳节／又重／阳，玉枕／纱厨③，半夜／凉初／透。　　东篱／把酒／黄昏／后④，有／暗香／盈袖⑤。莫道／不销／魂⑥，帘卷／西风，人比／黄花／瘦⑦。

【注释】

① 醉花阴：词牌名，小令，计52字，上下片各三仄韵。

② 瑞脑消金兽：香炉里的香料慢慢烧完了。瑞脑，一种香料名；金兽，兽形的铜香炉。

③ 玉枕纱厨：玉枕，陶瓷烧制的枕头；纱厨，长方形的纱蚊帐。

④ 东篱：种菊花之处，乃沿用陶渊明"采菊东篱下"诗句之典故。

⑤ 暗香：幽香，一种冷香。

⑥ 莫道不消魂：不要说我没有离愁别绪；消魂，即销魂，因情深不舍而引发的离愁别绪。

⑦ 黄花：菊花；花蔫叶落时，叫瘦。

【吟诵介绍】

　　这首词是正面写离愁别绪的，而作者正是多愁善感之人。凡感情细腻的，文字笔触也相应细致。这一点正是这首词的突出特色，而其情调并不低沉。但吟诵时要带一点感叹的味道。

上片5句。首句节奏紧凑，四个音节不断开，句末不延长，音调一开始高音，然后依次下降至中音。第2句中间音节突高，两头低。第3句音降至低音，停顿，而第4句音调(第二字)提升至高音，然后略下降，末句5字慢速，但句末不延长。

下片5句。首句语速适中，中音，第2句音调再下降，第3句再降至低音，第4句音调提升至中音，两个音节均延长；末句慢速，中低音，句末延长。

# 渔家傲

## 李清照

天接/云涛/连晓/雾①，星河/欲转/千帆/舞②；彷佛/梦魂/归帝/所③，闻天语，/殷勤/问我/归何/处？　我报/路长/嗟日/暮④，学诗/谩有/惊人/句⑤。九万/里风/鹏正/举⑥。风休住，/蓬舟/吹取/三山/去⑦。

【注释】

①天接云涛连晓雾：满天的浓云连同晨雾像波涛一样滚动；晓雾，晨雾。

②星河欲转千帆舞：无数的星星像风帆一样在流转的天河里起舞。

③帝所：传说天帝住的殿宇。

④我报路长嗟日暮：我回答说：我叹太阳快要落山，前面的路还很长远。报，回答；嗟，感叹。

⑤学诗谩有惊人句：学写诗却只有空泛泛的几句；谩，引申为空泛。

⑥九万里风鹏正举：能刮九万里风的大鹏鸟正要远举高飞。

⑦蓬舟吹取三山去：像蓬草编的轻舟要吹向三神山去；三山，传说渤海中的蓬莱、方丈、瀛洲三座仙山。

【吟诵介绍】

这是李清照难得的一首豪放词,她梦想有朝一日像大鹏鸟那样挺举飞跃,因而词中能生发豪迈之气,吟诵时也相应要有大气。

上下片各有5句,押仄声韵。上片首句用高音、中速吟唱,"天"字一拍半、放开吟,"接"字半拍,后三字慢速、各占一拍。第2句突降至中音,慢速,同一音阶。第3句慢速,"仿佛"二字低音并略延长,后三个音节上升至中音,不延长。第4句三字上升到高音,一字一念并停顿。第5句又转降为中音,前四个音节为同一音阶、慢速,末"处"字音调再下滑,时值为一拍。

下片:首句四个音节由低音("我报"两字)逐渐上升至中音,慢速,句末不延长。第2句"学诗"用中速念,后三个音节用慢速念,均念中音,句末叹气声,"句"字占一拍。第3句前四字"九万里风"为一个音节紧促念低音,后三字上升至中音,句末停顿。第4、5句,"风休住"三字念高音,要响亮,急停;末句前两个音节继续高音,慢速,后三字转中音,同一音阶慢速、一字一字地吟唱,句末延长。

# 声声慢

## 李清照

寻寻/觅觅，冷冷/清清，凄凄/惨惨/戚戚①。乍暖/还寒/时候②，最难/将息③。三杯/两盏/淡酒，怎敌他/晚来/风急！雁过也，/正伤心，/却是/旧时/相识④。　满地/黄花/堆积⑤，憔悴损，/如今/有谁/堪摘？守着/窗儿，独自/怎生/得黑⑥！梧桐/更兼/细雨，到黄昏、/点点/滴滴。这次第⑦，/怎一个/愁字/了得！

【注释】

① "寻寻觅觅"三句：这三句具体而十分确切地描绘了作者此刻心中"愁"的感觉。寻寻觅觅，好像漫无目的地寻找什么，却又不是在寻找，这是心中一种空落落的感觉；冷冷清清，一种孤单、缺乏依靠与温暖的感觉；凄凄惨惨，凄冷、悲凉、郁郁寡欢的感觉；戚戚，忧愁、提心吊胆的心理状态。

② 乍暖还寒：这里指天气以及心态上忽冷忽暖变化不定的时候。

③ 将息：生息、伺候。

④ 旧时相识：这雁儿好像曾经看见过的。这也是写感觉状态。

⑤ 黄花：菊花。

⑥ 怎生：怎样。

⑦ 这次第：这种种情形。

【吟诵介绍】

李清照南渡后，丈夫病死，财物被劫，受尽惊恐，又孤苦伶仃，其极度哀愁的心态颇令人同情与叹息。这首词正是这种景况的典型写照，不愧为诗词艺术的巨匠，久负盛名的词作。正因为这首词是写感觉的，所以吟诵的难点就在于头尾，即开头四个短句与结尾两个长句，尤其开头。

上片11句。开头四句七个音节，能否念好的关键在于节奏轻重强弱的把握。一是四句总体上比之其他词句要念轻、略念慢；四句之间，一、四句相比轻而略重、二、三句则较轻；二是单数音节节奏略强、音值略长，双数音节略弱、音略短，而且每个字、尤其叠字要念清晰。三是每个音节（叠字）前一字时值略长，后一字时值略短。音调上，这四句都置于中音区，但前三句音阶上逐句略降，"戚戚"音调又略升。语速上，除"惨惨"二字略延长外，其余均紧促、停顿。

第5、6句，节奏要慢，"乍暖"要念低音，而后四字上升到中音，略延长；"最"字念叹息音，"将息"念轻音。第7、8两句，前句"三杯两盏"并在一起紧促念高音，"淡酒"慢速念中音；后句"怎敌他"三字紧促念中音并停一下，再以中音慢速念"晚来风急"两音节，但句末不延长。

第9-11句。"雁过也"三字虽念中音但要念重；"雁"与下句"正"字作为一个音节时值都是一拍，其后两个音节也只是一拍。第11句"却是"音节紧促而"旧时"慢速并延长，音亦提高，"相识"虽亦慢速却不延长。

下片9句，首句"满地"二字念低音。后四字念中音，均慢速；第2句三字成一个音节，音调抬高；第3句前四字念中音、略延长，后二字念低音，不延长。第4句紧促，念低音，句末略延长；第5句音调逐渐提升至中音、中速。

第6句音调抬高，中速；第7句前三字音调下降并停顿，后四字继续渐降，慢速。"滴滴"念低音并轻声。第8句三字念低音与轻声，慢速并略延长，第9句前三字上升为中音、并略停；"愁"字本身念中音，但拖音由中音快速地拖向高音，而后"字"回到中音即停，"了"字念中音，时值一拍半，"得"字半拍并立即停顿结束。

# 满江红

## 岳飞

怒发/冲冠,凭栏处,/潇潇/雨歇①。抬望眼,/仰天/长啸,壮怀/激烈。三十/功名/尘与/土②,八千里路/云和/月③。莫等闲、/白了/少年头④,空/悲切。 靖康耻⑤,/犹未雪;/臣子恨,/何时灭!/驾长车,/踏破/贺兰山/缺⑥。壮志/饥餐/胡虏/肉,笑谈/渴饮/匈奴/血。待从头、/收拾/旧山/河,朝/天阙⑦。

【注释】

①潇潇:风急雨骤。

②三十功名尘与土:年已三十,虽得到一些功名,却与尘土一样微不足道。这指的是岳飞自己。

③八千里路云和月:意思是说日夜鏖战八千里。

④莫等闲白了少年头:不要随便浪费时间,以至今日少年很快白了头发而后悔;等闲,轻易、随便;白了头,比喻老了。

⑤靖康耻:指宋钦宗靖康二年汴京沦陷,徽、钦二帝及后宫家眷被掳的奇耻大辱。

⑥踏破贺兰山缺:驾战车誓把被金所占的贺兰山踏成残缺;贺兰山,在今宁夏与内蒙古交界地。

⑦朝天阙:朝见帝王;天阙,皇宫所在。

【吟诵介绍】

这是一首传唱千古的名作，风格豪放，音调激越。近代人为这首词谱的歌曲亦负盛名，传唱至今。不过这里介绍的是用传统方法吟唱的古诗词而不是近现代的歌曲，这两种曲调不可混淆乃至串调。

本词押仄声韵，节奏紧促，音调高亢，吟诵时亦须用高音或中音。再者，本词有四个三字顿号句"凭栏处""莫等闲""驾长车""待从头"等，这些顿号句都不是独立的句子，而是后面正句的前置，起铺垫或提示作用，这与其他三字正句有别，其他三字句是有实质性内容的，故可划分音节，而顿号句三字只是一个音节，在其正句前置时一般念轻声、不延长。

上下片各有9句。上片首句四字以高音开篇，同一音阶，并略长吟，以造声势。第2句顿号三字念中音、略轻声，后四字两个音节念中音、中速。第3句三字念中音、略轻声、同一音阶；第4句四字突念高音且重声并长吟，慢节奏；第5句四字中音，"壮"时值一拍半、"怀"字半拍。

第6句前四字念高音，紧促，"功"字一拍半、"名"字半拍，后三字下转中音，慢速。第7句前四字念中音，紧促，但"路"字略延长，后三句中音念轻声。第8句前三字念低音轻声，并停顿，后五字慢速中音，"白了"二字音要上扬、念重声，"少年头"音量减弱并带感叹声。末句三字一字一字地念中音，感叹声要明显。

下片第1、2句念中速、高音，激昂；3、4两句同样激昂，但改念中音。第5句前三字念中音并停顿、然后"踏破"二字由中音上升至高音，接着四字同一音阶的高音，语速紧促、一字一顿地吟，句末可略延长，并吸气。

第 6 句中音紧促,"壮"字时值一拍半,"志"字半拍,句末略延长;第 7 句中音,第一二音节紧促。"饮"字可略拖长,而后"匈奴"二字声音降低并延长,句末"血"字转为低音,不延长。第 8 句头三字低音、轻声并延长,"收拾"中音,并停顿,"旧"字念完中音便延长至高音区,共计两拍,再回落到中音念"山河",然后用慢速、中音念末句"朝天"并延长两拍,最后用低音吐"阙"字并延长一拍。这两次延长音最好带有激动的声态与颤音。

# 钗头凤①
## 陆游

红酥手②，/黄縢酒③，/满城/春色/宫墙/柳④。东风恶⑤，/欢情薄⑥。/一怀/愁绪，几年/离索⑦。错、错、错！　春如旧，人空瘦，泪痕/红浥/鲛绡/透⑧。桃花落，闲池阁。山盟/虽在⑨，锦书/难托⑩。莫、莫、莫⑪！

【注释】

①钗头凤：词牌名，一名"折红英"。史传陆游被迫与表妹唐琬离婚后，一次，两人在绍兴沈园不期而遇，唐琬以酒招待陆游，事后陆游十分伤感地在墙上题了这首《钗头凤》词。后来唐琬重游沈园时看见陆游此词，便和了一首，不久忧郁而亡。

②红酥手：红润而又白嫩的手，意指唐琬。

③黄縢酒：即黄封酒，是在酒坛口封泥上盖了封记的官酒；縢，封闭；意指唐琬招待的酒。

④宫墙柳：比喻唐琬，意指她改嫁后象宫廷里的柳枝，与人隔了一层。

⑤东风恶：指当时的礼教。

⑥欢情薄：享受到的欢情很少；薄，少。

⑦离索：离散，索居。

⑧泪痕红浥鲛绡透：沾上胭脂的眼泪把手帕湿透了；鲛绡，丝绸手帕。

⑨山盟：男女之间的深情表白。

⑩锦书难托：情书难寄。

⑪莫莫莫：绝望的表示："罢了、罢了、罢了"。

【吟诵介绍】

陆游这首词写得十分凄怨，以至令人动情难已。词人情态激动，这与词所押仄声韵相配。所以，吟诵时要注意音调、音速变化之迅速、频繁。

上下片各8句。上片1-3句慢速、念中音但音量加大，略拖；第2句"黄"字与前句同一音阶，后二字音量减弱；第3句"满城"念低音，"春色"由低音向上提升，"宫墙柳"念中音，并略延长。

第4句紧促，句末停顿，音调中音与首句同一音阶；第5句音调与第2句重复。

第6句"一怀"仍念中音、慢速，而"愁绪"二字升至高音，略拖；第7句"几年"二字用中音念并延长，后"离索"二字仍以慢速由中音（"离"字）滑向低音（"索"字），音量亦减轻并延长。末句三个"错"字由中音渐向低音、由强渐向弱节奏、一字一停顿地念，句末并略延长。

下片首句三字音调由高音（"春如"）向中音"（旧）"下滑，慢速、停顿。次句三字以中音同一音阶念，停顿。第3句第一音节下转低音并略拖，接着从"红浥"二字开始，渐向中音过渡。

第4句慢速念高音，不延长；第5句三字念中音，同一音阶，不延长；第6句"山盟"二字念中音，不延长；"虽在"二字上升至高音，以示突出，但不延长。第7句"锦书"二字念中音并延长二拍，后一音节"难"字仍念中音并延长二拍，"托"字念低音、半拍。最后三个"莫"字念法与上片末句三个"错"字相同。

# 卜算子
## 咏梅①

### 陆游

驿外/断桥/边②，寂寞/开无/主③。已是/黄昏/独自/愁，更著/风和/雨。　无意/苦争/春，一任/群芳/妒。零落/成泥/碾作/尘④，只有/香如/故。

【注释】

①卜算子·咏梅：卜算子，词牌名；咏梅，词的标题。

②驿外断桥边：驿，驿站，古代官办的交通站；断桥，桥在路堤的尽头，故名；这句意指梅花开在驿站与桥的边上、荒僻的地方；断，停止。

③寂寞开无主：指梅花在偏僻地方孤零零地开着而无人赏悦。

④碾作尘：在偏僻地压碎变为尘土。

【吟诵介绍】

吟诵这首词比较简单容易，因为词的篇幅不长，句型不复杂，仅由五言与七言两种律句组成的长短句，虽然押的是仄声韵，但用吟诵律绝的韵调也是可以套用的，只要长短句型搭配得当。

这首词写梅花，集中赞赏梅花孤芳自赏的清高品性。因而吟诵的音调不宜高亢，要用中、低音念，节拍亦不宜过强，语速也须徐缓。

上片：第1、2句句式相同，音调亦可相同，即：两句第一个音节念低音，第二、三个音节念中音，且音量加大，所不同的是"边"字延长，而"主"字停顿。第3句"已是"音节念低音，接着三个音节逐渐向中音提升，直至"独自"二字在中音区其音阶最高。末句五字三个音节的音调相反，逐渐回落。第四句"更著"音节相对音高一点，不延长，"更"字最好念半音；"风和"二字延长，"雨"字略拖。

下片：首句"无意"音节念低音，慢速；后三字中音，"苦争"二字，"苦"字延长，其延长声调由中音划向低音、再上扬到"争"字，犹如"V"型，先念中音且响亮些；第二个音节"群"字突降为低音，强拍，略拖；"芳"字升为中音，不停顿；第三个音节"妒"字念强拍、中音、并停顿。

第3句语速慢，"零落"二字念低音，略延长；"成泥"二字音调上升，念弱拍，紧促；第三个音节"碾"字本身念中音，其延长音向高音区扬升，计一拍半，"作"字半拍、中音；句末"尘"字中音、弱拍、略延长。末句三个音节均放慢语速，置中音区，其中"香"字念重音，延长计一拍半，"如"字半拍为弱拍；"故"字延长。

# 水龙吟
## 登建康赏心亭①

### 辛弃疾

楚天/千里/清秋②,水随/天去/秋无/际。遥岑/远目,献愁/供恨,玉簪/螺髻③。落日/楼头,断鸿/声里④,江南/游子⑤。把/吴钩/看了⑥,栏干/拍遍,无/人会,登临/意。　　休说/鲈鱼/堪脍⑦,尽/西风,季鹰/归未⑧?求田/问舍⑨,怕应/羞见,刘郎/才气。可惜/流年⑩,忧愁/风雨⑪,树犹/如此⑫。倩何人、/唤取/红巾/翠袖⑬,揾/英雄/泪⑭!

【注释】

① 水龙吟·登建康赏心亭:水龙吟,词牌名,又名"龙吟曲",押仄声韵;后者为词的标题;建康,南北朝时古都,今即江苏省南京市;赏心亭,原名伤心亭,在建康城西下水门城上,下临秦淮河,远处可览长江。

② 楚天:建康历史上一度为楚国所占,为楚国疆土,故名。

③ "遥岑远目"三句:远山看起来很像女子头上螺形的发髻和玉簪,但江北沦陷区已被敌人所占,只能引发人们的仇恨。岑,小高山;玉簪螺髻,指长江西岸对峙的山,形状像女子的玉簪和螺髻。(三句中,因押韵关系,后两句先后倒置。)

④ 断鸿:离群的孤雁。

⑤江南游子：当时旅居江南一带的作者所自称。

⑥把吴钩看了：把随身带的刀剑看了，表示如有机会随时再立功杀敌；吴钩，春秋末吴国君阖闾命工匠制造的弯形的刀，又名金钩，后通指锋利的刀剑。

⑦休说鲈鱼堪脍：不要去说鲈鱼精细地烧得好吃，意指自己不会贪图享受。

⑧尽西风，季鹰归未：尽管秋风已起，张季鹰（辞官）归家没有？西风，秋风；季鹰，张翰字，吴（今江苏苏州）人，西晋文学家，一次因见秋风起，思念家乡鲈鱼、莼（茭白）菜味美，便借口辞官回家。作者在此借用典故取笑张翰并未回家，而从中表白自己愿忠心杀敌报国。

⑨"求田问舍"三句：原意出自三国刘备与人讨论时说的话，意思是说，仅求一家田舍之安乃胸无大志，刘备若如此必羞见于人；刘郎，刘备。

⑩流年：岁月如流。

⑪忧愁风雨：国家像风雨飘摇动荡那样令人担忧。

⑫树犹如此：语出自东晋桓温，意思是说，如今见前几年种的柳树皆已长大如此，而自己何时能胜任大业。作者引用这个典故亦有同样自叹之意。

⑬倩何人、唤取红巾翠袖：请何人唤来红巾翠袖；倩，请；红巾翠袖，指代歌女等女子。

⑭揾英雄泪：揩去英雄失意的眼泪；揾，揩拭。

【吟诵介绍】

这首词是辛弃疾二十九岁在建康任职时写的名作,风格豪放,忠心可鉴。吟诵时相应以中高音为主,节奏以慢速为主。

上片12句。首句"楚天"二字念高音。"千里"二字比之"楚天"音调再提高2、3度,"千"字为一拍半、"里"字半拍;"清秋"念高音并略延长,与"楚天"同一音阶。第2句"水随"二字念中音,"天去"二字与上句"千里"二字其音调、时值均相同吟法;后三字念中音,不延长。

第3-5句念中音、慢速,这三句前一音节均延长,句末均不延长。第6-8句念中音、中速,6、8句前一音节亦延长,但第7句四字紧促念,第8句"南"与"子"字降至低音,这三句末均不延长。第9、10两句(把……遍)均念低音、快速,但要一字一顿地念,句中或句末均不延长。第11句三字念高音,"无"字一拍半,"人"字半拍,"会"字一拍但可延长。第12句三字念中音、慢速,"登"字一拍半,最好能念半音;"临"字半拍,"意"字一拍,略拖。

下片10句。句首高音,"休"字时值一拍,"说"字半拍,与后面两个音节紧促念,句末亦不停顿。第2句7字,前三字高音并停顿,后四字降至中音并延长。第3句两音节念低音,"求田"二字紧促,"问"字一拍,"舍"字半拍,不延长;第4句念中音,"应"字略拖,句末延长。第5句"刘郎"念中音,"刘"字一拍半,"郎"半拍;"才气"念低音,"才"字一拍半,"气"字半拍,停顿。

第6句"可惜"二字念低音,并延长;"流"字一拍半,"年"字半拍,均念中音,停顿。第7句音调逐渐提升,四字不停顿地念,同一音阶,句末停顿。第8句音调再提升到中音,第一音节慢读、延长,

"如此"二字紧促，停顿。

第9句慢速，前三字为一个音节，念低音、延长，后六字"唤取"二字低音，"红巾翠袖"四字念中音，均延长；第10句"揾"字中音，延长；"英雄"二字中音，延长；"泪"字低音，延长，结束。

# 菩萨蛮
## 书江西造口壁①

### 辛弃疾

郁孤/台下/清江/水②,中间/多少/行人/泪?西北/望长/安,可怜/无数/山③。　青山/遮不/住,毕竟/东流/去④。江晚/正愁/余,山深闻/鹧鸪。⑤

【注释】

① 书江西造口壁：这是作者在造口壁上书写的怀古词；造口，在今江西万安县西南。

② 郁孤台下清江水：郁孤台，在今江西赣州市西南，赣江经过台下向北流去；赣江与袁江汇合后称清江。

③ 可怜无数山：难民从江西向西北方向遥望长安（指代北宋已沦陷的京都开封），中间被无数座大山阻隔，自然是望不见的。作者由此无限感叹中原大地的沦陷。

④ 毕竟东流去：是说青山毕竟遮不住赣江水向东方日夜流去。

⑤ 山深闻鹧鸪：傍晚正愁闷时，闻到深山传来鹧鸪似乎叫着"行不得也"的声音。

【吟诵介绍】

辛弃疾的词绝大部分都是围绕抗战的主题，表示了收复中原失地的强烈愿望，因而笔墨洒出一派正气，今天我们吟诵的气息也应如是。

词的上片是写四十多年前的历史记忆，虽无具体描述，但从诗人的愤慨声中已经知晓。4句中，头尾两句唱高调，中间两句音调逐降，节奏转慢。第一、二两句的第二音节均适当延长。第三句音低调，慢速，略拖，第四句"可怜"二字仍低音，音稍拖并上拉至中音区，"无数山"也就念中音。

下片写现实中诗人的态度。一、二两句以"无数"青山所代表的困难均阻挡不了"东流"水。这两句除"毕竟"两字念低音并上提外，余者均念中音。可是，毕竟四十多年了，局势依旧，失地未归，使作者困惑。在这种情态下，词的最后两句自然下降至低音，虽然不低沉、失望，末句音节亦改为三、二字两个音节，中间均略延长。

# 青玉案
## 元夕①
### 辛弃疾

东风/夜放/花千/树②,更吹落、星如雨③。宝马/雕车/香满/路④。凤箫/声动⑤,玉壶/光转⑥,一夜/鱼龙/舞⑦。

蛾儿/雪柳/黄金/缕⑧,笑语/盈盈/暗香/去⑨。众里/寻他/千百/度。蓦然/回首⑩,那人/却在,灯火/阑珊/处⑪。

【注释】

①青玉案·元夕:前者为词牌名,押仄声韵;元夕,农历正月十五夜,即元宵节。

②花千树:元宵夜,街市花灯之多像千树花开似的。

③星如雨:满天焰火,似星星吹落地上。

④宝马雕车香满路:许多有钱人家妻女坐华丽的马车上街,香溢一路。

⑤凤箫:箫的美称。

⑥玉壶光转:一种会旋转的精美大彩灯。

⑦鱼龙舞:靠人擎着鱼形、龙形的灯在街头舞动。

⑧蛾儿雪柳黄金缕:三者均为唐宋时流行的不同形状的头饰,为时尚女子所喜爱;后者亦为柳枝形。

⑨笑语盈盈暗香去:盈盈,含情的笑态;暗香,这里指女子。

⑩ 蓦然：忽然。

⑪ 阑珊：稀落。

【吟诵介绍】

这首婉约词上片描绘元宵节街夜灯火之闹，下片写远处阑珊的美人，而美人的形象并无绘写。这就是说，形象模糊而个性鲜明的美人，其自甘寂寞的品格，正是作者失意时心中的寄托。

尽管作者的用意是将上下片不同的内容用以对比，但我们诵读时却不能简单地采用对比手段仅仅为了突出下片，而应是按照词语的实际描写来吟唱。所以，上片的基调应是欢快、热烈；而下片的基调应是同情与惋惜。上片的音调与节奏可以较高并稍快；下片的音调与节奏则宜较低并徐缓。

上下片各6句。上片首句"东风夜"三字念中音，"放花千"三字音调再提高，亦可念高音。"树"字则中音并略延长。这一句中速，要轻快一些。第2句前三字为一音节并紧促短暂停顿，"更"字念高音、"吹落"二字念中音；后面三字亦念中音，句末略延长。第3句"宝马雕"三字念中音、中速，"车"和"香"字音提高几度，而后两字逐渐下滑到中音。

第4句念同一音阶高音、中速，两个音节之间不停顿，句末略延长；第5句下滑至中音，同一音阶，两个音节之间不停顿，句末亦停顿；末句"一夜鱼"三字念中音，其中"夜"字延长音向下滑落至低音后，又回升至中音，而后面"龙舞"二字亦念中音，但"龙"字念重音，并延长一拍，"舞"字略延长。

下片：句首中音、慢速，句末延长。第2句四个音节要吟出韵味，这只要掌握音调的高低、轻重、语速的快慢、节奏的强弱等，就能够吟出韵味来的。这一句"笑语"二字念中音，"笑"字时值一拍，"语"字半拍、不延长；"盈盈"二字为弱拍，念中音轻声、并且慢慢停顿；这两个音节都要念得柔声细气一些。"暗香去"三字下滑至低音、语调慢，前二字略延长，"去"字则略可延长。

第3句慢速，"众里"二字念低音，"寻他"二字上升至中音、不停顿，"千"字音调要立即升高，可以比中音高几度，"百度"而又立即下滑至中音，"度"字可延长，其音要带点感叹声。

第4句"蓦"字要念高音，并念一拍，"然"字半拍，并紧转下一音节，这三字向中音滑，句末即停。第5句四字紧促地念同一音阶中音并立即停顿，但要念轻一些。"灯火"二字中音、慢速、一字一拍，"阑"字下滑到低音，"珊"字又上中音上扬并延长，"处"字略延长便停。

# 清平乐①
## 村居
### 辛弃疾

茅檐/低小，溪上/青青/草。醉里/吴音/相媚/好②，白发/谁家/翁媪？　大儿/锄豆/溪东③，中儿/正织/鸡笼。最喜/小儿/无赖，溪头/卧剥/莲蓬。

【注释】

① 清平乐：词牌名，又名《忆萝月》、《醉东风》，46字属小令。这首词平仄韵转换，上片每句押仄韵，下片押3个平声韵。

② 醉里吴音相媚好：联系下句：不知谁家老公公、老婆婆喝醉了，讲着吴音软语，相互谈笑取乐。

③ 大儿锄豆溪东：大儿子在溪东面豆地里锄草。

【吟诵介绍】

辛弃疾这首词与他大多数爱国抗金主题的词作不同，他以清新活泼的风格，把南方不受金人欺凌的农村田园生活写得十分和谐、安乐。所以，吟诵的基调应该是轻快、活泼，节奏不宜拖沓，全词基本上可采用中音吟诵。

上片4句。首句两个音节，音调前略高，后低，中间延长，语速流畅。第二句"溪上"一词与"低小"同音同调，但拖音上扬以连接以后音节，

"青青草"三字念中音并同音阶。第三句"醉里"音阶比前三字提高二度，语速稍慢。第四句头尾两个音节音略低，但"发"字音向上扬，中间"谁家"二字音略提升不变。

下片4句，前两句节奏轻快，并带点跳跃性。首句"大儿"二字音低却要明亮，不停顿，"锄豆"二字先与"大儿"同音阶而后略上扬，亦不停顿，"溪东"念中音，不延长，第二句三个音节同音阶，一个音节一顿，并显跳跃感，不延长。第三句"最喜"之"最"字略高，并延长，而后5个字均同音阶，仅仅比"最"字略低，语速紧凑，句末停顿。第四句一、二音节并与前句"无赖"同音高，但中间音节延长，"莲蓬"二字更慢，并下降至低音，略延长。

# 暗香①

## 姜夔

旧时／月色，算／几番／照我，梅边／吹笛？唤起／玉人②，不管／清寒／与攀／摘③。何逊／而今／渐老④，都忘却、春风／词笔⑤。但怪得、／竹外／疏花⑥，香冷／入瑶／席⑦。　江国⑧，／正寂寂⑨。叹／寄与／路遥⑩，夜雪／初积。翠尊／易泣，红萼／无言耿相／忆⑪。长记／曾携手／处，千树压、／西湖／寒碧⑫。又片片／吹尽／也，几时／见得？

【注释】

① 暗香：词牌名，亦是本词的标题，因为这个曲调是作者自创的。作者姜夔（约1155—1221），字尧章，号白石道人，饶州鄱阳（今江西鄱阳）人，诗（词）人、作曲家、书法家。

② 唤起玉人：唤起，这里指回忆起；玉人，美人；前三句写的是往事，故谓"旧时"月下，算起来有几次照我和美人在梅树边吹笛。

③ 不管清寒与攀摘：冒着寒冷攀折梅花。

④ 何逊而今渐老：何逊，字仲言，南朝梁诗人，喜咏梅。这句是作者自比何逊，哀叹日渐衰老。

⑤ 都忘却、春风词笔：如今连当年春意盎然的文笔都生疏忘却了。

⑥ 竹外疏花：竹林外有稀疏的几枝梅花。

⑦ 香冷入瑶席：寒梅花香渗透到屋内，坐在席上都闻到香气；瑶

席，座席的美称。

⑧ 江国：江南的家乡；国，地域、地方。

⑨ 正寂寂：正冷落、落寞。

⑩ 叹寄与路遥：哀叹路远寄问不到。

⑪ 翠尊易泣，红萼无言耿相忆：翠尊，青绿色精致酒杯，指代酒；红萼，红梅；耿相忆，心中常挂念；这句是说，饮酒、赏梅时，常回忆、记挂曾相伴的玉人。

⑫ 千树压、西湖寒碧：宋时杭州西湖梅树成林，故言花开时千树压一片；寒，指寒梅；碧，西湖碧水。

【吟诵介绍】

这首词是作者应答朋友索诗而写的，通篇写回忆，即长记曾在杭州西湖边携手饮酒赏梅的美好日子。词所流露的感情真挚，记忆深刻，故而吟诵的语态也要真切、自然。

本词既有领句字如："算儿番…"、"叹寄与…"，又有三字顿号句，如"都忘却"、"但怪得"、"千树压"等，有了这二者，词的句式变化与内容的表达手法更加细腻、多彩。领字句中，领句字单独划为一个音节，甚至念重音。顿号句里，三个字划成一个音节，不念重音，三个字后要短暂停顿。

上片9句。首句高音开篇，两个音节并在一起念，句末略停。第2句"算"字念高音，而后四字亦一起念中音，句末略停。第3句两个音节均念中音、慢速并延长。第4句两个音节并在一起念低音，句末延长。第5句上升至中音，"不管"二字延长，后三个音节并在一起念，句末略停顿。第6句，"何逊"两字念高音并延长，后四字逐渐下滑、紧促，句末略停顿。第7句前三字念中音、并短暂停顿；后两个音节慢速、中音且各自延长。第8句前三字念低音并轻声，略予延长；后两个音节均慢速。中音、各各延长。第9句读慢，前两个音节各自延长、念中音，"席"字下滑至低音，并略停。

下片10句。句首两字念高音，句末略停顿；第2句三字从高音滑向中音，连续并停顿。第3句念中音"叹"字一拍、后两个音节语速稍慢均延长。

第4句慢速，"夜雪"二字念中音并略延长，"初积"二字下滑至低音，并略停顿。第5句继续慢速，两个音节的音调呈"V"形，虽然都念中音；而第6句四个音阶的音调与前一句相反，呈反"V"形，即头尾音节音调低，中间两个音节音调较高，语速亦较慢。

第7句虽然念中音，但音阶略高。旋律、节奏与语速均和前一句相同，句末略延长。第8句前三字为顿号句，没有重音字，故语调平稳并短暂停顿；后两个音节慢速、中音，并各各延长。第9句前三字又是顿号句，读轻声，低音，并短暂停顿；后三字划两个音节，"吹"字为重音，要念响亮并略延长，以示突出；后"尽也"两字念紧促一点，句末略拖后便停。末句两个音节，前一音节念低音、中速，但要念重音并延长一拍，而后"见得"二字略轻、并立时停顿而不延长。

167

# 风入松①

## 吴文英②

听风/听雨/过清明。愁草瘗/花铭③。楼前/绿暗/分携路④,一丝柳/一寸/柔情。料峭/春寒/中酒⑤,交加/晓梦/啼莺⑥。

西园/日日/扫林亭。依旧/赏新/晴。黄蜂/频扑/秋千索,有当时/纤手/香凝⑦。惆怅/双鸳/不到⑧,幽阶/一夜/苔生。

【注释】

①风入松:词牌名,原为古琴曲,后入乐府。双调76字,上下片各有6句,押平声韵。

②吴文英:字君特,号梦窗,晚年又号觉翁,四明(今浙江宁波市)人。生卒年不详。一生不愿入仕,而寄情闲散,故作词主性情,词藻亦奇丽。

③愁草瘗花铭:瘗(yì),掩埋;铭,这里指铭记于心;全句意思说,清明时节正是春花盛开季节,因淫雨连绵,只怕花草被土掩埋而只在心上留个印象。

④楼前绿暗分携路:楼前的路分别因阳光是否照到而呈绿色或暗色。

⑤料峭春寒中(zhòng)酒:在寒冷的春天还醉了酒;中酒,醉酒。

⑥交加晓梦啼莺:而梦醒后只听到黄莺鸣叫。

⑦有当时纤手香凝:而当时有美女纤纤细手上的香味留在秋千索

上，从而引起黄蜂吸吮。

⑧ 双鸳：指未到来的两位客人。

【吟诵介绍】

这是一首怀恋诗。抒写作者在空阔孤寂的庭院中，酒醒后空等意中人未至，惆怅一夜以致原本阴暗的台阶长出了绿苔。诗人尽管心绪惆怅，但情调并不低沉，这是要注意的。

上片6句。首句定调中音区，前二音节同音阶，紧念，后三字略降2度，句末稍停；次句"愁"字音降至低音，后两个音节立即上升与首句前二音节相同音阶。句中不停而句末略延长。第3句低音开始依次上升到第4句末，节奏中速。第5句自"料峭"二字突然升至高音后一直逐渐下降至两句末，"啼莺"二字近于低音。语速仍以不紧不慢为宜。

下片6句。首句音调升至高音且同一音阶，次句即降至中音。第三句"黄蜂"再降至低音，然后又慢慢上升后与第4句同音阶。第5句"惆怅"二字念低音，接着两音节略上升，句末略停而不延长，末句仍紧促，但最后两字延长。

# 念奴娇
## 驿中言别友人①

### 文天祥

水天空阔,恨东风,不借世间英物②。蜀鸟吴花残照里③,忍见荒城颓壁④!铜雀春情⑤,金人秋泪⑥,此恨凭谁雪?堂堂剑气,斗牛空认奇杰⑦。　　那信江海余生⑧,南行万里,属扁舟齐发⑨。正为鸥盟留醉眼⑩,细看涛生云灭⑪。睨柱吞嬴⑫,回旗走懿⑬,千古冲冠发。伴人无寐,秦淮应是孤月⑭。

【注释】

①念奴娇——驿中言别友人:前者为词牌名;后者为词标题;驿,指金陵(今江苏南京市)官驿馆,作者与病留驿馆的友人言别,此时金陵尚未沦陷。

②恨东风,不借世间英物:此处作者借用三国时赤壁大战的典故,周瑜借东风用火攻曹军而获大胜。作者借此感叹南宋抗元得不到天助;不借,不助;英物,英杰。

③蜀鸟吴花残照里:蜀鸟,鸣声凄怨的子规鸟,相传是史上蜀国望帝所化;吴花,指沦陷后金陵破败的花草,三国时金陵为吴都,故名。

④忍见:不忍见。

⑤铜雀春情：铜雀，台名，曹操所建，故址在今河南临漳县西南，据传曹操曾放话，若能灭吴，定将周瑜妻小乔及其姊虏至铜雀台。

⑥金人秋泪：魏明帝曾下令去长安劫取汉武帝时用铜铸造的捧露盘仙人至魏都，传说临载时仙人泪下，故云。作者借用上述两个典故，意在揭示亡国之痛。

⑦堂堂剑气，斗牛空认奇杰：雄伟的宝剑其光芒如精气直冲斗牛，却枉认自己（作者）为"奇杰"；斗牛，北斗与牵牛二星。

⑧那信江海余生：想不到（自己）从镇江元兵监视下出逃，终于出海脱险。

⑨属扁舟齐发：乘着小船之类一起出发。

⑩正为鸥盟留醉眼：留得余生与海鸥结盟，意指与抗元义士一路继续奋战。

⑪细看涛生云灭：密切注意海上云涛变化，意指时局变化。

⑫睨柱吞嬴：史载蔺相如捧和氏璧在秦王面前斜视殿柱，欲以破璧，终以正气取胜；睨，斜视；嬴，秦王之姓。

⑬回旗走懿：史载诸葛亮死后，姜维瞒着退兵，司马懿正追时，姜智使下属反旗鸣鼓佯攻懿，待懿误以为诸葛亮之计而退后，姜便结阵入山谷，才发丧。作者借用上述两典故以表示象蔺相如等人那样，坚持抗元到底的决心。

⑭秦淮：秦淮河。

【吟诵介绍】

这是一首豪气冲天的词，读后让人肃然起敬。因此，我们要以崇敬的态度、洪亮的声音吟诵此词。

上片 10 句。首句慢速，"水天"念中音，"空阔"上升至高音，句末略延长。第 2–3 句中速、中音，两句并成一句念，句间不停顿，其中"间"字音略高，句末稍延长；第 4 句慢速，"蜀鸟"念低音，稍延长；"吴花"中音略高、不停顿；"残照里"中音略低、句末略停。第 5 句念慢，"忍见"二字由中音开始下滑，"荒城"念低音并略拖，"颓壁"二字亦念低音并延长。

第 6 句慢速、低音，两个音节均略延长；第 7 句升至中音，四字紧促念，句末延长，第 8 句"此恨"二字由中音向低音下滑并延长，"凭谁雪"三字，"凭"字念低音，并就此上升，"谁雪"二字念中音，"雪"字念出疑问语气。

第 9 句念中音，"堂堂"二字延长，其音上扬；"剑气"二字虽念中音，但"剑"字念重音，"气"字稍停顿，便由第 10 句紧接。第 10 句"斗牛空"三字中音同一音阶，而"认"字滑向低音并延长；"奇杰"二字慢速，并延长。

下片 10 句。首句慢速，"那信"两字低音并延长；"江海"转中音，"海"字音上扬并念重音；"余生"二字仍念中音并延长。第 2 句四字中间不停顿，句末停顿，仍念中音。第 3 句慢速，"属扁"二字念低音，而后三字音调上升至中音，"齐"念重音，"发"字略拖。第 4 句"正"字念中音、重音，时值一拍，"为"字半拍；从"为"字到句末均紧促、中音同一音阶，句末略拖。第 5 句"细"字中音，其后五字均下降为低音，并且慢速、略延长。

第 6 句两个音节慢速，"睨柱"，二字念高音，第一个字且念重音，一拍半，"柱"字半拍；"吞嬴"二字降至中音并延长。第 7 句两个音节紧促，均念中音，句末略延长一拍。第 8 句慢速，"千古"二字念中音并延长二拍;"冲冠"二字下降至低音,"发"字即升至中音,并略延。第9句四字均低音、慢速,不念重音,句中延长而句末停顿。第10句语速更慢,"秦淮"二字念中音,"淮"字延长,其音上扬;"应是"二字中音且同一音阶;最后"孤月"二字均念低音,各自延长二拍,并且音调逐渐轻弱,直至细微停止。

# 附录

## 古文诵读三篇

### 五柳先生传(散文)
#### 陶渊明

先生不知何许人也,亦不详其姓字,宅边有五柳树,因以为号焉。闲静少言,不慕荣利。好读书,不求甚解;每有会意,便欣然忘食。性嗜酒,家贫不能常得。亲旧知其如此,或置酒而招之;造饮辄尽,期在必醉。既醉而退,曾不吝情去留。环堵萧然,不蔽风日;短褐穿结,箪瓢屡空,晏如也。常著文章自娱,颇示己志。忘怀得失,以此自终。赞曰:黔娄有言:"不戚戚于贫贱,不汲汲于富贵。"其言兹若人之俦乎?衔觞赋诗,以乐其志,无怀氏之民欤?葛天氏之民欤?

### 滕王阁序(骈文节录)
#### 王勃

南昌故郡,洪都新府。星分翼轸,地接衡庐。襟三江而带五湖,控蛮荆而引瓯越。物华天宝,龙光射牛斗之墟;人杰地灵,徐孺下陈蕃之榻。雄州雾列,俊采星驰。台隍枕夷夏之交,宾主尽东南之美。都督阎公之雅望，棨戟遥临；宇文新州之懿范，襜帷暂驻。十旬休假，胜友如云；千里逢迎，高朋满座。腾蛟起凤，孟学士之词宗；紫电青霜，王将军之武库。家君作宰，路出名区；童子何知，躬逢胜饯。

时维九月，序属三秋。潦水尽而寒潭清，烟光凝而暮山紫。俨骖騑于上路，访风景于崇阿；临帝子之长洲，得仙人之旧馆。层峦耸翠，上出重霄；飞阁流丹，下临无地。鹤汀凫渚，穷岛屿之萦回；桂殿兰宫，即冈峦之体势。

披绣闼，俯雕甍，山原旷其盈视，川泽纡其骇瞩。闾阎扑地，钟鸣鼎食之家；舸舰迷津，青雀黄龙之舳。虹销雨霁，彩彻云衢。落霞与孤鹜齐飞，秋水共长天一色。渔舟唱晚，响穷彭蠡之滨；雁阵惊寒，声断衡阳之浦。

# 陋室铭（骈文）

## 刘禹锡

山不在高，有仙则名；水不在深，有龙则灵。斯是陋室，惟吾德馨。苔痕上阶绿，草色入帘青。谈笑有鸿儒，往来无白丁。可以调素琴，阅金经。无丝竹之乱耳，无案牍之劳形。南阳诸葛庐，西蜀子云亭。孔子云："何陋之有？"

# 后记

自20世纪80年代以来,我曾多次应邀,给中文系学生讲古代诗词的传统吟诵,并选择若干首不同风格特色的诗、词当场示范,以供欣赏。学生们听得津津有味,都说这是以前未曾听到的。有的师范专业学生还希望学会吟诵,以便将来到中学任教时所用。一些老师也希望我把吟诵的诗词录音以便保存并作为学生的有声教材。因为我不是教古典文学作品的,而只是业余爱好,不敢自专,事情也就搁了下来。直到前几年,我的同事、亲朋好友乃至家人又旧事重提,还为我联系录音事宜,甚至建议出版,而我也考虑到已经退休多年,日渐衰老见病,如今应该不昧粗浅,总得留下点什么,聊作抛砖之用。于是精选唐诗宋词若干篇,之后又想到不妨适当扩大范围,择选历代不同时期有代表性的经典作品并吟唱录音。同时,考虑到传统韵调很难用现代方法记谱,而为了能让有兴趣的读者易于学唱,经人提议,便试着改用文字方法把所吟诵的韵律、节奏、语气等等尽可能加以详细介绍,亦不知对照听学的效果如何,姑且试之。

因水平所限,疏陋之处定然不少,谨请专家读者不吝指正为谢。在此,顺向协助录制出版之事的徐革、王燕、叶飞虹、章小初、叶向东等人,尤其是西泠印社出版社责任编辑先生拨冗热心指导出版,特致以诚挚的谢意。

作者2018年12月记于浙江海洋大学

图书在版编目（CIP）数据

古代诗词传统吟诵选编 / 叶永锡编著、吟诵. -- 杭州：西泠印社出版社，2019.11
ISBN 978-7-5508-2925-1

Ⅰ．①古… Ⅱ．①叶… Ⅲ．①古典诗歌－诗集－中国 Ⅳ．①I222

中国版本图书馆CIP数据核字(2019)第267262号

# 古代诗词传统吟诵选编

叶永锡编著、吟诵

| | |
|---|---|
| 出 品 人 | 江　吟 |
| 责任编辑 | 侯　辉 |
| 责任出版 | 李　兵 |
| 责任校对 | 徐　岫 |
| 装帧设计 | 王　欣 |
| 出版发行 | 西泠印社出版社 |

（杭州市西湖文化广场32号5楼　邮政编码　310014）

| | |
|---|---|
| 电　　话 | 0571-87240396 |
| 经　　销 | 全国新华书店 |
| 制　　版 | 杭州如一图文制作有限公司 |
| 印　　刷 | 浙江海虹彩色印务有限公司 |
| 开　　本 | 787mm×1092mm　1/16 |
| 印　　张 | 12.5 |
| 印　　数 | 0001—1000 |
| 书　　号 | ISBN 978-7-5508-2925-1 |
| 版　　次 | 2019年11月第1版　第1次印刷 |
| 定　　价 | 78.00元 |

版权所有　翻印必究　印制差错　负责调换